작가의 뜰

작가의 뜰

소설가 전상국이 들려주는
꽃과 나무,
문학 이야기

글·사진 전상국

샘터

작가의 말

사진밖에 남는 게 없다.

시간 흐름에 따른 사물의 변화와 그 소멸의 허망을 얘기할 때 흔히 쓰는 말이다. 또는 사진이야말로 가뭇없는 어떤 기억을 되살리는 데 결정적이라는 저장성 가치를 말하고 싶은 것일 수도 있다.

그동안 내가 살고 있는 집 주변의 들꽃과 나무들의 사계를 휴대폰 카메라에 가볍게 담아왔다. 내가 지금 바라보고 있는 저들이 내 생애 마지막 보는 풍경이라는, 자연의 신비에 대한 경이였다.

그러나 어느 한 순간만이 포착된 피사체, 더구나 그것이 살아 있는 식물일진대 그 사진 안팎에 담겨 있는, 우리가 눈으로 볼 수 없는 그것 하나하나의 역사 혹은 생태적

진실이나 불가사의함을 그냥 스쳐 가기 어려웠다.

거기 그렇게 나와 함께 살고 있는 풀과 나무들이 보여 주던 신기, 그리하여 자연이 내 문학의 진원 그 울림이라고 말하는, 작가인 나는 도대체 누구인가 하는, 아주 자잘한 개인사까지 껴 넣었다.

덧붙여 춘천 금병산 자락에 만들어 이룬 '전상국 문학의 뜰' 그 정체와 차별화한 콘셉트까지 이야기하고 싶었다.

이제까지의 소설 쓰기의 엄숙함과는 달리, 나의 자연 사랑, 그 실천의 디테일을 얇은 감성으로 맘껏 드러내는 일이 즐거웠다.

아내에게 이 책을 바친다.

2020년 6월

전상국

차례

②

싹·줄기·엑스터시

3

꽃·열매·노을

4

더불어 함께, 문학의 뜰

봄·춘천·동행

움직이는 나무

―

금병산 자락 잣나무 숲에 나무 한 그루가 움직이고 있다. 한삼덩굴이며 사위질빵으로 뒤덮인 키가 넘는 잡목과 잡초들과의 오랜 싸움 끝에 일궈낸 고목 잣나무 밭 둘레로 아내가 꽃을 심고 있는 것이다. 며칠 전 퇴비를 준 잣나무 숲 빈 땅에 쑥부쟁이나 개미취를 심고 잣나무 밑동을 빙 둘러 비비추며 둥굴레·은방울꽃·금낭화 등의 봄꽃을, 그 안쪽으로는 옥잠화나 구절초 등 가을꽃을 따로 가려 심는다.

아내가 정원에서 일하는 모습을 볼 때마다 나는 지금 내 나이도 되기 전에 돌아가신 할머니를 생각한다. 아내의, 땅바닥에 쪼그려 앉아 일하는 모습이 영락없이 돌아가신 할머니의 그것이다.

2월, 아내가 잣나무 숲에 퇴비를 주고 있다.

꽃밭, 할머니의 천국

—

이영민. 이름처럼 곱상한 할머니는 젊을 때부터 꽃 가꾸기를 좋아했다. 마당가의 화단은 물론이고 텃밭 주변에도 할머니가 가꾸는 꽃이 봄부터 늦가을까지 그치지 않고 피었다. 방 안에서 겨울을 난 조선선인장이 여러 송이 꽃을 피워, 아이를 낳지 못하는 여인에게 이 꽃이 좋다는 속설을 믿는 사람들이 여럿 찾아오기도 했다.

할머니는 들길 산길에서 들꽃을 만나면 그 앞에 오래 머물러 길을 따라나선 손자가 짜증을 부리곤 했다.

나중에 그 손자가 할머니의 꽃 사랑을 누구보다 반겨 즐겼다. 대학 시절, 손자는 방학으로 고향에 내려갈 때마다 유도화(협죽도) 등 서울 종로 5가 길거리에서 산 화분을 마장동 버스터미널까지 들고 가 서너 시간 거리의 고향 가는 시외버스에 오르곤 했다.

손자가 서울에서부터 들고 온 화분 선물을 환한 얼굴로 반기던 할머니의 모습을 나는 아직까지도 잊지 않고 있다.

　"꽃을 좋아하면 천국 못 간다구는 하더라만…."

　당신이 가꾼 꽃을 들여다보며 할머니가 가끔 하던 말씀이다.

　… 하더라만…. 이렇게 할머니가 남긴 그 뒷말의 여운 속에서 나는 당신이 이렇게 살아 있어서 이처럼 아름다운 꽃을 볼 수 있으니 이것이 바로 천국이 아니겠느냐, 할머니의 꽃 사랑 넘치는 즐거움을 에둘러 표현한 것이었음을 오랜 세월이 흐른 뒤에야 어렴풋이나마 이해할 것 같았다.

　할머니가 그처럼 꽃을 좋아하게 된 데에는 어쩌면 남편의 사랑을 시앗에게 빼앗긴 그 울분 삭이기와 무관하지 않을 것이란 생각이다. 할아버지는 당신의 아내가 서른도 되기 전에 작은댁을 얻어 한 마을에 살림을 차렸던 것이다.

　할머니는 그 작은집 댓돌에 나란히 놓인 두 켤레의 고무신이 보기 싫어, 그 집 앞을 지나야 길러 올 수 있는 샘물 대신 장마로 황토가 된 개울물을 퍼 와 가라앉혀 먹었다는 얘기를 훗날 손자며느리에게 겸연쩍게 들려주곤 했다.

더구나 할아버지가 작은댁 식솔들과 함께 만주로 훌쩍 떠나버린 뒤 할머니의 고질병인 가슴앓이가 시작된다. 심리적 트러블로 생기는 할머니의 그 속병(화병)은 한 달에 두어 번씩 견디기 어려운 진통으로 나타났다.

진통이 심할 때마다 할머니는 자신이 화단에 두어 대궁 키워 잘라둔 양귀비 마른 꽃대를 물에 끓여 마시거나 삽초 뿌리를 달여 만든 환을 수시로 복용했다.

쓸모없는 식물은 없다. 할머니가 그렇게 귀하게 들여다보던 식물들은 모두 그 나름의 쓸모가 있었던 것이다. 산길에서 발길에 스친 냄새만으로도 찾아낼 수 있던 더덕이며 날로 씹으면 달착지근한 잔대 순, 다래 순, 두릅, 혼잎나물, 둥글레, 민들레, 당귀, 산초 등이 모두 귀한 약재이거나 나물 반찬으로 상에 오르는 야생의 먹거리였다.

약수, 약효가 있는 샘터가 있다. 할머니는 당신의 속병을 고치기 위해 약수터를 자주 찾았다. 그 덕에 나는 어릴 때부터 강원도 인제 기린의 방동약수를 알고 있었다. 할머니가 당신의 가슴앓이를 고치기 위해 어린 손자를 데리고 찾아가 며칠씩 머물던 두메산골 약수터다. 할머니를 따라 그곳에 간 손자는 그 깊은 산속에서 계곡의 물소리에 잠들고 숲의 다람쥐와 새들, 나무와 풀들을 친구로 뒹굴며 놀았다.

이른 봄의 샛노란 동백꽃이며 줄기를 자르면 피같이 빨간 물이 나오던 노란 피나물 꽃, 붉은 무늬가 얼룩얼룩 박혀 있어 얼룩취라고도 불리는 길쯤한 녹색 잎에 선명한 자주색의 얼레지 꽃, 그 신비함이라니!

훗날 나는 그 약수터의 산골 정취를 소설 속에 그려낸다.

산촌의 오월 한낮이 지겹도록 조용하다. 멀리 가만한 바람. 높은 산 중턱의 나뭇잎들이 희끗하니 몸을 뒤집고 있지만 이곳 남향받이 언덕에는 우거진 신록 위로 농탕치듯 내려앉은 햇살만 눈부시다. (…)

신록을 배경으로 샛노란 빛깔의 꾀꼬리 두 마리가 골짜기를 휘도는 모습이라니. 암컷이 제멋대로 방향을 틀어 앞장서면 수컷이 일정한 간격으로 그 높낮이를 맞춰가며 부드러우면서도 날렵하게 날았다. 교접을 위한 전희치고는 완벽한 아름다움이었다. 어느 순간 생식샘이 열린 듯 암컷 꾀꼬리가 허공으로 빠르게 솟구쳐 올랐다간 자지러지듯 숲

눈 맞은 동백꽃

깊은 데로 내리꽂혔다.

아름다운 것을 혼자 보는 일은 고통스러운 일이다.

— 전상국,「물매화 사랑」

작가 전상국의 자연 바라보기, 자연에 대한 경외심, 그 애니미즘의 넉살이 그대로 글쓰기의 신명으로 넘쳐 작품 형상화에 이바지했을 것이란 믿음도 어린 시절 할머니를 따라다니던 그 산길 여행에서 비롯되었을 것이란 생각이다.

인연

오늘도 아내는 정원의 나무들과 눈을 맞추며 지난가을 서리가 내리기 전 캐 저장했던 칸나와 글라디올러스 등의 알뿌리를 손수레에 싣고 나와 정원 여러 곳에 무더기무더기 심고 있다. 이처럼 봄심기 구근은 손이 많이 가기 때문에 그 한 해 꽃 한 번 본 것으로 끝날 경우가 많아 번식이 쉽지 않다.

내 기억 속의 할머니도 금잔화나 한련, 과꽃, 분꽃 등 우리 눈에 익은 꽃 말고도 당시로서는 매우 이국적인 칸나까지 매년 빼놓지 않고 화단에 심었다. 칸나의 알뿌리를 가을에 잊지 않고 캐어 집 안 어딘가 저장했던 것이다.

1966년 가을, 아내와의 첫 만남도 할머니의 그 지극 꽃 사랑 이야기로 운을 뗐을 것이다. 우리 집까지 따라와 할머니가 가꾸는 화초를 구경하던 그네가 자기도 들꽃을 좋아한다며 어린 시절 등교하던 산길에서 붉은병꽃나무 꽃을 꺾어다 교탁의 화병에 꽂던 이야기를 했다.

병꽃, 원추리, 마타리….

그 이름을 아는 순간 비로소 그것이 존재한다. 그날 두 사람은 몇 가지 꽃 이름과 서로의 이름을 기억하는 일로

삼색분꽃,
시계가 없는 옛날엔 분꽃이 이울 때 보리쌀을 앉혔다.

눈을 맞췄다.

첫 만남 후 꼭 일 년 뒤인 1967년 10월 9일, 한글날에 맞춰 두 사람은 짝이 돼 무려 반세기를 동행했다. 기적이다.

아내를 만날 무렵 나는 박봉의 중등학교 신참 선생이었고 네 살 연하의 그네는 체신부 공채로 뽑힌 지방 공무원이었다. 동병상련同病相憐, 그네의 열등 콤플렉스가 할머니의 그것과 크게 다르지 않았다.

아내는 아들 못 낳는다고 남편으로부터 버림받은 어머니와 세 여동생을 책임져야 하는 소녀 가장이었다. 직장에 들어오기 전에는 산에서 땔나무를 베어 오고 남자들이나 할 수 있는 집 울타리를 하는가 하면 바람이 술술 스미는 흙벽과 천장에 황토를 이겨 붙이고 봄이면 산나물을 뜯어 이십 리가 넘는 장거리에 나가 파는 일로 하루하루를 버티고 산, 그렇게 아프고 힘든 세상살이 그 진행형의 주인공이었다.

잣나무 숲에서 아직도 나무 한 그루가 움직이고 있다. 칸나 구근을 땅에 묻은 뒤 맨드라미 씨까지 뿌린 아내가 정원 아래쪽 백송 숲 근처에서 뭔가에 골똘하고 있는 모습이다.

오래전 죽은 잣나무 고목 넓적한 그루터기에 이끼를 덮은 뒤 그 위에 바위솔 여러 개를 얹고 있다. 죽어 잘려나간 고목 그루터기의 흉한 모습을 그런 식으로라도 감추고 싶었는지 모른다.

그것 말고도 그루터기의 나이테로 보아 백 년이 훨씬 넘었을 잣나무 죽은 고목 그루터기는 숲에 대여섯 그루가 더 있다. 그 죽은 고목의 그루터기를 볼 때마다 아직 살아 있는 잣나무들을 새삼스러운 눈으로 쳐다보게 된다. 죽은 그 고목들의 한창때 그 탱탱하고 눈부신 모습을

백 살 나이로 자연사한 잣나무 뿌리

생각하는 것이다.

　문득 천상병 시인의 시 한 수가 생각난다. 1988년 여름. 천상병 시인이 춘천의 강원도춘천의료원(지금의 강원대병원)에 간경화증으로 입원한 적이 있었다. 아동문학가 정원석 선생이 의료원 원장으로 있을 때라 절망적인 처지의 딱한 천상병 시인을 춘천까지 데려왔던 것이다.

　천상병 시인은 문병을 간 나한테 병실의 작은 창을 가리키며 뭔가 중얼거렸다. 그때 시인이 한 말 중 생각나는 것 하나가 남아 있다. 밖에 나가 나무를 보고 싶다는 말. 그냥 무심코 흘려들었던 그 말이 귀에 번쩍 살아난 것은 그 시인이 쓴 「나무」란 시를 읽었을 때다.

　　사람들은 모두 그 나무를 썩은 나무라고 그랬다.
　　그러나 나는 그 나무가 썩은 나무는 아니라고 그랬다.
　　그 밤, 나는 꿈을 꾸었다.
　　그리하여 나는 그 꿈속에서 무럭무럭 푸른 하늘에 닿을
듯이 가지를 펴며 자라가는 그 나무를 보았다.
　　나는 또다시 사람을 모아 그 나무가 썩은 나무는 아니라
고 그랬다.
　　그 나무는 썩은 나무가 아니다.

　　천상병 시인은 오늘도 "푸른 하늘에 닿을 듯이 가지를
펴며 자라가는" 큰 나무로 우리 곁에 살아 있다.

구듬치고개·밤나무 고목

—

마을의 수호신. 누구에게나 기억 한구석에 정자나무(당산목) 한 그루쯤 있을 터이다.

홍천군 내촌면 물걸리 2구 새말 구듬치고개 초입에 오래된 밤나무 한 그루가 서 있다. 그 밤나무를 가운데 두고 신작로가 두 갈래로 갈렸다. 신작로를 넓힐 때 그 밤나무 나이가 4백 년도 넘었다는 마을 사람들의 말을 무시하지 않은 것이다.

네다섯 살 적 내 기억에 그 밤나무가 있다. 고향 물걸리 동창마을에서 어른들 등에 업혀 홍천읍으로 이사 나올 때 그 밤나무 밑에서 잠시 쉰 기억이다. 정말 그 기억 속의 밤나무가 오늘도 거기 서 있는 그 밤나무일까. 맞다. 이미 이세상을 떠난 당대 여러 어른들의 기억을 뒤져 그것이 바로 그 나무임을 확인한 바 있다.

물걸리 구듬치고개 초입의 고목 밤나무

아무튼 나는 고향에 갈 때마다 오래된 그 밤나무 앞에
차를 세운다. 오랜 세월 모든 것을 지켜본 오래된 나무에
대한 경외일 것이다.

믿으면서 얻는다. 내 등단작 「동행」의 마지막 장면이
그 밤나무 고목이 서 있는 구듬치고개를 무대로 하고 있
다. 「물걸리 패사」, 「악동시절」 등의 소설도 그 밤나무가
있는 물걸리 일대에서 벌어진 여름 전쟁 무렵의 이야기를
소재로 하여 쓴 작품이다.

내가 읍내 홍천초등학교 4학년 때 6·25전쟁이 터졌다.
홍천읍에서 구듬치고개를 넘어 고향 마을로 피난을 들어

갈 때도 그 고목 밤나무 밑을 지나갔다.

난리를 피해 들어간 고향 마을에서 겪은 전쟁의 참상
이 어린 내 기억에 깊이 각인될 수밖에. 그 각인된 기억을
밑천으로 하여 분단의 비극, 그 아픔과 상처 내지는 그것
의 치유를 생각하는 내 초기 소설들이 쓰이게 되었을 것
이다.

동창초등학교

—

　휴전이 되고 우리 가족들이 다시 읍내로 나가면서 나 혼자만 물걸리 장수원 외갓집에 남아 동창초등학교를 졸업한다. 학교를 졸업하기 전까지 나는 매주 주말을 이용해 40킬로가 넘는 홍천 읍내의 집까지 다녀왔다.

　찻길이 없는 동창마을에서 읍내까지 나가려면 이십오 리를 걸어 두촌면 철정검문소에서 하루 딱 한 번밖에 안 다니는 시외버스를 타야 했다.

　큰 고개 세 개를 넘어야 하는 그 휘휘한 시골길을 혼자 걸어 다닌, 내 유년 시절 그 산길 물길 걷기가 내가 자연과 가까워진 결정적 계기가 됐을 것이다.

　지금은 터널이 뚫린, 그 험한 지르매재를 넘는 시골길에는 내가 고등학생일 때 초등학교도 1학년쯤의 어린 소녀를 동창마을에서 춘천까지 데려다준 기억도 담겨 있다.

그게 내외였을까, 나는 저만큼 앞서 걸으면서 그 어린 소녀가 타박타박 작은 걸음으로 뒤따라오는 것을 뒤돌아보곤 했다. 우리 할아버지와 함께 기미년 동창마을 만세운동에 나섰다가 돌아가신 어떤 어른의 손녀딸 그 소녀가 바로 가수 김추자였다는 것을 나중에 알았다.

고목 느티나무 두 그루

읍내 홍천중학교에 입학했다. 전쟁 때 비행기 폭격으로 학교가 다 타버려 읍내 향교 옆 빈터의 천막이 학교 교실이었다. 그 천막 교실 옆에 느티나무 고목 두 그루가 있었다. 열등감 체질의 나에게 그 두 그루 고목 느티나무는 그냥 나무가 아니었다. 내가 이 세상에서 만난 것 중에 가장 크고 높으면서 옆으로 비스듬히 뻗어 가지를 늘어뜨린 넉넉한 위용이야말로 경외의 신비 그것이었다.

그 느티나무를 생각하자 불현듯 그 시절 있었던 일 하나가 추억의 그물에 걸린다. 중3 때의 자습 시간이다. 수학 시간이었는데 수학 선생님 대신 다른 선생님이 자습 감독으로 들어온 것이다. 이때다 싶어 나는 친구한테 빌린, 최인욱의 「벌레 먹은 장미」란 소설을 읽기 시작했다. 독서 삼매경도 잠시 자습 시간에 공부는 안 하고 이따위

홍천 향교의 4백 년 나이 그 느티나무, 아직도 정정하다.

야한 책을 읽는다는 죄로 자습 감독 선생님한테 얻어터지
고 있을 때다.

　"걔 문학가가 될 건데요."

　교실 뒤쪽에서 어느 아이가 한 말이다. 그때 그 아이의
말에 응수한 선생님의 말을 나는 지금도 또렷이 기억하고
있다.

"이 새끼가 문학가가 되면 내 손가락에 장을 지져라."

선생님의 저주 담긴 말을 듣던 그날의 내 마음 꼴이 어땠는지, 그 나이 많은 느티나무만은 기억하고 있을 것이다.

그로부터 많은 세월이 흐른, 2019년 9월, 향교의 그 느티나무 아래서 64년 전의 동창들이 만났다. 420년 전에 태어나 우리들보다 몇백 년 더 이 세상에 살아 있는 그 느티나무에서 오래오래 눈을 뗄 수가 없었다.

진달래 추억

잣나무 숲에서 꽃 심기를 끝낸 아내가 끌차를 밀고 집으로 돌아가고 있다. 아내가 움직이는 한 그루 나무로 보이기 시작한 것은 숲의 모든 나무들이 아내의 움직임을 따라 움직이고 있다는 느낌이 들면서부터다. 그 느낌의 정체가 아내의 나무 사랑, 그 열성일 수도 있다.

아내가 숲에 두고 간 나무 사랑 때문일까. 나는 추억의 늪에서 쉽게 헤어나지 못한다. 멀리멀리, 더 멀리.

거기 어딘가 숨어 있다가 불현듯 얼굴을 내미는 생각들. 지금도 여전히 잊히지 않고 있는 일, 정말 기억하고 싶지 않은 그런 일까지. 그리하여 추억은 아름답다.

시골 책방에 꽂힌 탐정소설 몇 권을 읽었을 뿐 문학이 무엇인지 전혀 알지 못하던 아이가 고등학교 2학년 때 문예반에 들어간다. 아이가 문학가가 될 것을 예언한 중학교 때, 그 어떤 아이의 말을 믿었던 것일까.

그러나 선생님의 손가락에 장을 지질 일이 결코 없는, 그렇게 되기 힘든 그 문학가가 되기 위해 들어간 문예반에서 아이는 더 큰 벽 앞에 무너진다. 딱 한 번 참가한 백일장에서 입상하지 못했을 뿐 아니라 며칠 뒤 문예반 선생님이 아이를 교무실로 호출한 것이다. 아이가 문예반에 들어가 첫 번째 쓴 작문 원고를 손에 든 선생님이 말했다.

"넌 어휘력과 문장이 젬병이다."

젬병. 형편없다는 속어. 젬병이 문학가를 꿈꾸다니. 선생님이 내민 작문 원고를 아이가 제대로 받지 못해 묶음이 풀린 원고지가 교무실 바닥에 흩어졌다. 흩어진 원고를 주워 들고 교실로 돌아올 때의 기분이 어떠했던가는 진허 기억에 없다.

며칠 뒤 더 큰 충격이 기다리고 있었다. 학교 본관 현관 앞, 백일장에 나갈 문예반 학생들이 자신들을 백일장에 데리고 갈 문예반 선생님을 기다리고 있었다. 어휘력과 문장이 형편없다는, 며칠 전 문예반 선생님의 그 젬병 판단을 받은 아이도 대열에 끼어 있었다.

문예반 아이들 앞에 나타난 선생님이 손에 든 종이쪽

지를 내려다보며 서너 명의 아이들 이름을 불렀다. 아이 이름도 거기 들어 있었다. 영문을 모른 채 불려 나온 아이들의 종아리를 발로 걷어차면서 선생님이 말했다.

"느덜른 백일장에 나갈 자격이 없다."

교실로 돌아가 공부나 하라는 것. 공부 안 하고 도망가는 놈들은 모두 죽는다고 했다.

선생님이 죽는다면 정말 죽을 수밖에 없던 시절이다. 백일장에 나간다고 랄라룰루 책가방도 안 가지고 와 다른 아이들의 부러움을 산 아이들로서는 교실에 다시 돌아가는 일이 쉽지 않았을 것이다.

열외로 밀려난 그 아이들이 서로 눈길도 한 번 안 맞춘 채 뿔뿔이 흩어졌다. '공부나' 할 자격마저 버린 채 결연히 죽음의 길을 선택한 것이다.

한 녀석이 개구멍을 통해 학교를 빠져나가자 다른 녀석들도 사이를 두고 어디론가 사라졌다. 아이 역시 다른 아이들처럼 개구멍으로 빠져나와 소양강 강둑까지 걸어갔다. 그때만 해도 강섬 중도를 중심으로 서면 쪽으로는 북한강이, 캠프페이지 쪽으로는 소양강이 아름답게 굽이쳐 흘렀다.

소양강의 4월, 봄빛 속에 반짝이며 흘러가는 강물이 왜 그렇게 아름답던지. 소양강 가의 아름드리 미루나무 잎이 햇빛을 받아 반짝반짝 자잘하게 흔들렸다. 미루나무에 등을 기대고 앉기가 무섭게 끄억끄억 울음이 터졌다. 더럽게 서러웠다. 무릎에 얼굴을 묻고 정말 많이 울었다. 울면서 무심히 훔쳐본 소양강 강물은 여전히 뻔뻔스레 아름다웠다. 지금은 물에 잠겨 어디에도 그 흔적이 남아 있지 않지만 열여덟 아이의 기억 속에는 아직도 그 미루나무가 반짝반짝 살아 있다.

실컷 울고 난 뒤 열적은 마음으로 경춘선 철길을 따라 걷다 보니 공지천의 뱀산 앞이었다. 뱀산 절벽에 진달래꽃이 만발했다. 제기랄, 그 진달래꽃이 왜 또 그렇게 아름답던지, 철길에 주저앉아 또 울었다.

열여덟 살 그 봄날의 비애미, 그 극치는 철길 아래 움막에서 나와 철둑에 앉아 볕 쪼임을 하던 나환자 아버지와 그 아들의 만남이었다. 예닐곱 살 된 남자아이가 손가락이 뭉그러지고 눈썹도 없는 나환자 아버지의 얼굴에 무슨 약인가를 바르고 있는 장면이었다.

충격, 엄청난 발견이었다. 아, 저렇게 사는 사람들도 있구나. 열외로 밀린 밑바닥 그 절망에서 새로운 세상을 본 것이다.

절실하면 통한다. 며칠 후 나는 공지천 그 철길 위에서 내려다본 움막 속 나환자네 아이를 서술자로 하여 이야기 하나를 꾸며낸다. 거짓말 이야기를 꾸며내는 일이 되게 재미있었다.

꾸민 이야기를 원고지에 옮기는 그 단계에서 무심코 생각난 것이 문예반 선생님의 말씀이다. 어휘력이 없고 문장이 형편없다는, 문예반 선생님의 그 말씀. 어쩌랴.

불편하면 편하게 하기. 못난 것을 감추다 보면 도리어 잘 아는 척 뽐내게 된다. 열등감 극복의 방법, 최선의 길이 바로 거기 있었다.

그 뒤로 나는 선생님이 일깨워주신 형편없는 내 어휘 력과 문장력을 감추기 위해 있는 힘을 다한다. 당장 떠오르는 낱말을 그대로 쓰는 것이 아니라 이리저리 따져 좋은 것으로 골라 쓰는 일이다. 그 시절 국어사전이 있을 턱이 없는 나로서는 생각나는 여러 개의 낱말을 써놓고 그 중에서 그럴듯한 것으로 골라 쓰기, 그럴듯한 문장 하나를 만들기 위해 주술 관계를 바꿔보는 등 나름의 노력을 하다 보니 어느 새 그 일을 즐기고 있는 자신을 발견하게 된다.

소설은 언어의 특수한 구조. 나는 내가 꾸며내는 이야

기 내용에 걸맞은 괜찮은 낱말, 그럴듯한 문장 만드는 노력을 즐긴다. 글 내용도 중요하지만 그것을 담는 그릇 만드는 일에서 글쓰기의 진짜 즐거움을 알게 된 것이다.

　나중에 나는 제자이기도 한, 춘천 출신 시인 최승호의 「인식의 힘」이란 제목의 시, 딱 한 줄인 그 시 전문을 생각한다. 인식의 힘, 제목을 잊지 말 일이다.

　　도매뱀의 짧은 다리가 날개 돋친 도마뱀을 태어나게 한다.

　부족한 것 메우고 감추기, 진화, 발전, 발명 그 창조의 에너지가 모두 열등감에서 비롯되는 것이 아닐까. 무엇이 부족한가, 부족한 그 무엇을 제대로 인식만 한다면.

산에 오른 아이

부족한 것 알기, 곧 열등감의 긍정적 승화로 이야기 하나가 만들어졌다.

「산에 오른 아이」, 작가가 되기 전 내가 최초로 쓴 소설이다. 백일장에 나가지 못한 아이가 학교 개구멍을 빠져나와 공지천 철둑에서 문둥이 부자를 만난 뒤 자신에게 이야기를 꾸며내는 재주가 좀 있다는 것을 처음 알게 되면서 얻은 글쓰기의 즐거움이었다.

원고지 60장 남짓. 이 작품이 1959년 제6회 학원문학상 고등부 소설 부문 응모작 350여 편 중에서 3석으로 입상한 것이다. 그때 함께 입상했던 조해일, 양문길, 황석영 등의 이름이 보인다.

내가 쓴 글에 자연 묘사가 나온 것도 이것이 처음이다.

진달래

올봄에는 진달래가 참 많이 피었다고들 했다. 온 산이 연분홍으로 덮여 있었다. 철둑을 끼고 도는 덕이네 앞산에도 진달래가 드문드문 붉었다. (…) 어느 덧 서녘 하늘에 주황색 저녁노을이 활활 불타오르고 있었다. 노을처럼 붉은 진달래에 몸을 묻은 덕은 한 손에 주머니칼을 쥔 채, 눈을 초롱초롱 언제까지나 일어설 줄 몰랐다.

— 전상국, 「산에 오른 아이」, 『학원』, 1960년 3월호

진달래 밭에 가지 마라. 어릴 적 입술이 퍼렇게 되도록

진달래꽃을 따 먹고 집에 들어올 때마다 어른들이 하던 말이다. 허기를 채우기 위해 진달래를 정신없이 따 먹다 보면 자칫 독성이 있는 철쭉꽃을 따 먹어 크게 탈이 날 것을 염려한 어른들에 의해 진달래 밭에 가면 문둥이가 간을 빼먹는다는, 그런 말이 생겼을 것이다.

추억의 밭, 진달래가 눈앞에 붉다. 금병산 잣나무 숲 안쪽 내가 지금 살고 있는 자택과 그 밑 서재가 있는 산비탈 소나무 밑이 온통 진달래 밭이다.

소나무와 가장 잘 어울리는 것이 4월의 진달래꽃이다. 겨울이 지나면서 발긋발긋 움트는 진달래 꽃망울을 보면서부터 슬며시 마음이 불편하다. 진달래, 그 찬란한 아름다움이 며칠 못 가 사라지는 데 대한 아쉬움일 터.

진달래 꽃 빛깔은?

진달랫빛!

내친김에 고등학교 시절 내가 쓴 소설로 해서 벌어진 해프닝 하나를 얘기하자. 예기치 않게 우연히 일어난 일 치곤 충격이 컸던 사건이다. 따지고 보면 그것이 내가 작가가 되기도 전에 겪은 최초의 필화 사건이다.

소설 「산에 오른 아이」가 학원문학상에 입상한 뒤 곧바로 「황혼기」란 소설이 강원일보 학생신춘문예에 당선작 없는 가작 1석으로 뽑혀 신문에 연재됐다. 그 기세에 취해 기고만장 세 번째로 쓴 「요지경」이란 제목의 소설이 학교 교지 『소양강』에 실린 것이다.

아무튼 그해 졸업생인 나는 졸업식장에서 그런저런 공로로 표창장을 받기로 돼 있었다. 그러나 나는 졸업식 날 졸업식장에 들어갈 수가 없었다. 그날 졸업생들에게 나눠 줘야 할 교지 『소양강』에 문제가 생긴 것이다.

나를 비롯한 교지 편집위원들이 아침부터 학교에 불려가 교지『소양강』을 만신창이로 만들어야 했다. 내가 맡아 기획 편집한「졸업생 설문」란에 한 선생님의 별명 '기름종개'가 어떤 아이의 설문에 언급된 것이 그 기름종개 선생님 눈에 띈 것이다.

또 다른 문제는 그 시절 책 맨 뒤에 들어가는「우리의 맹세」3장 끝의 "남북통일을 완수하자"가 '북남통일'로 활자가 잘못 심어져 인쇄된 것이다.

더 큰 사건은『소양강』에 실린, 3학년 전상국이 쓴 원고지 약 90매 정도의 소설「요지경」이었다. 그 작품이 학생 신분으로 요지경 세상을 너무 진하게 그려냈다는 윤리 선생님의 검열에 걸린 것이다.

문제의 해결은 교지『소양강』에서 '기름종개'를 언급한 학생의 설문 대답을 오려내는 동시에 인쇄소에서 다시 조판해 찍어 온「우리의 맹세」중 '북남'을 '남북'으로 고친 종이 쪼가리를 그 부분에 오려 붙이는 일이었다.

그날 가장 힘들었던 일은 내가 쓴 소설「요지경」전체를 면도칼로 잘라내 교지를 만신창이로 만들면서 그 누구도 입을 열지 않던, 편집위원들의 그 우라질 긴 침묵이었다.

솔직히 그때 책에 실린 내 소설이 독자를 만나기도 전

에 사라진다는 서운함 같은 것은 느낄 겨를이 없었다. 그냥 내가 뭔가 큰일을 저질렀다는 두려움, 그 당혹감으로 해서 문예반 선생님 앞에 고개도 쳐들지 못하고 있었을 뿐이다.

내가 아직까지 잊지 않고 있는 것은 문예반 선생님이 참담한 얼굴로 벌벌 떨고 있는 내 어깨를 툭 치면서 한 말이다.

"야, 미안하다."

그런 선생님이 되고 싶었다. 그런 선생님으로 숙부 한 분이 계셨다. 어릴 때부터의 꿈이 그 숙부님 같은 선생님이 되는 것이었다.

춘천에서 서울로

원주 육민관고등학교의 국어 교사로 시작한 내 교직 생활은 강원도교육청 교원 임용고시를 통해 춘천의 공립학교 선생으로 이어졌다. 내리 7년째 3학년 담임을 맡은 1972년 봄, 서울에서 학교 서무실로 나를 찾는 시외전화가 걸려왔다.

대학 때의 은사 조병화 선생님이었다. 졸업한 지 10년 만이지만 선생님의 그 목소리가 맞았다. 다짜고짜 당신이 경희대학교 문리대 학장이 됐으니 그 인사차 그날로 당장 상경하란 엄명이었다.

조병화 선생님은 그다음 날 얼떨결 상경한 나를 곧바로 경희대학교 조영식 학원장 앞에 세웠다.

"말씀드린 그 앱니다."

내 뜻과는 전혀 상관없이 내가 경희대학교 캠퍼스 안

에 있는 경희고등학교 국어 선생이 되는 순간이었다. 사립학교 교직원 임용이 그런 식으로도 통하던 시절이다.

아무튼, 그즈음 가르치는 일 틈틈이 불쑥 나타나는, 그 정체를 알 듯도 싶은 트라우마 그 악몽에 시달리던 때라 상경을 마다할 이유가 없었다.

그러나 상경하던 그날부터 당장 강원도로 돌아갈 생각만 했다. 그렇게 서울이 싫었다.

문제는 강원도에서처럼 가르치는 일이 즐겁지 않았던 것이다. 그때 서울공화국의 교육은 교육이 아니었다. 발주처의 주문대로 그 규격에 맞게 재단하고 잘라 만드는 제품 생산에 모든 시스템이 맞춰져 있었다. 능률과 실질, 모든 교육 프로그램이 대학 진학에 맞춰져 있어 고등학교를 나오고 대학에 들어간 순간 그동안 학생들에게 입력된 모든 지식이 자동으로 폐기되는 그런 교육이었다.

그런 제품 만들기에는 학원이 최상 최고였다. 학생들은 인성이 어떻고 하는, 학교 선생들의 중언부언보다는 학원 선생들의 일목요연함에 압도당해 학교 교실에서의 수업은 그냥 들러리였다. 학원 따라 하기, 학교 선생들도 재보다는 잿밥, 돼지새끼들을 키우는 쏠쏠한 재미를 통해 가르치는 즐거움을 누렸다.

　그러나 나는 체질적으로 그런 일과는 거리가 있었다. 수업을 하면서도 고향 쪽 하늘만 쳐다보며 끄윽끄윽 트림을 했다. 신경성 소화불량. 178센티미터 신장에 체중이 58킬로그램까지 줄고 얼굴이 누렇게 떴다.

　사실은 더 큰 이유가 내 안에서 서울 탈출을 충동질했다. 이미 강원도 생활에서도 이따금 얼굴을 내밀던 그 가슴 먹먹함, 그 정체가 제대로 얼굴을 내밀기 시작한 것이다.

　애써 감추고 산, 글 쓰는 일과는 담을 쌓고 산 그 10년 세월에 대한 회한이었다. 1963년 등단한 지 10년 동안 글을 쓰지 못하고 산 가슴속 응어리가 꿈틀거리기 시작했다. 은사 황순원 선생님을 다시 만날 일, 더구나 대학 재학 시절의 선후배 문우들의 휘황한 글쓰기 근황이 전해지는 그 나날이 지옥이었다.

　신경성 위장병. 속 쓰림. 노루모산 등 위장약이 주식이었다. 수도도 안 나오는 산동네 셋방에서 내가 죽을 수도 있다는 것을 어림한 아내가 무리를 해 망우리고개 밑 동네 상봉동에 작은 집 하나를 마련했다. 방 두 개는 세를 놓고 우리 가족은 방 하나에서 복닥복닥 부대끼며 살았다.

다행히 아내가 작은 마당에 가꾸는 화분으로 해서 서울에서의 '내 집' 생활에 그런대로 적응이 되는가 싶던 어느 날이다.

올 것이 왔다.

어느 날 퇴근을 해 집에 들어서는데 우리 집 방 두 개를 세내 사는 인근의 초등학교 선생님이 인사를 청했다. 민망스러울 수밖에. 이제까지 내가 단 한 번도 가져보지 못한 '자기 방'을 당당히 쓰고 있는 그 초등학교 선생님이 얼마나 부러웠던가.

그 선생님 왈, 문패를 보니 혹시 오래전 조선일보 신춘문예에 「동행」이란 소설로 당선한 그 전상국이 아니냐, 자신이 대전사범을 나오고 입대했을 때 신문에서 그 소설을 감명 깊게 읽었다는 얘기다.

내 등단작 「동행」의 독자를 만난 것인데, 10년 동안 소설을 쓰지 못하고 산, 작가 아닌 작가로서의 내 마음이 어떠했겠는가.

그 선생님이 자기 서재(!)에 들어가 책 한 권을 들고 나왔다. 『세대』란 시사 월간지. 그 잡지 첫 장 전면이 그 선생님의 얼굴로 가득 차 있었다.

1971년 『세대』의 제1회 신춘문예낙선작품 공모전에

「지사총」이란 소설로 당선한 조선작 작가였다. 당대 산업 사회의 뒤안길 그 밑바닥 사람들의 이야기를 리얼하게 그려낸 장편소설『영자의 전성시대』가 바로 우리 집 방 한 칸에서 연재되고 있었던 것이다. 당시 조선작 작가는 조해일, 최인호 등과 함께 신문 연재를 도맡아 하는 1970년대 작가 사단의 대표 작가 중 한 분이었던 것이다.

　이런 경우를 외나무다리에서 만났다고 하던가. 치명적이었다. 등단한 지 10년 동안 소설 한 편 못 쓴 채 상경하여 가르치는 즐거움마저 잃고 비틀거리는 내게 조선작 작가와의 만남은 실로 충격이었다.

글 쓰는 즐거움

결자해지結者解之. 그동안 왜 소설 안 쓰신 겁니까. 조선
작 작가가 어느 날 내게 소설 쓰기를 권유했다. 10년 전의
그 「동행」 같은 작품을 또 읽고 싶다고.

그리고 몇 달 뒤 조선작 작가가 자기 집을 짓고 이사를
갔다. 이후 조선작 작가가 쓰던 그 사랑방이 내 것이 된 것
이다. 이제까지 갖지 못한 내 인생 최초의 '내 방'이 생긴
것이나.

나는 그 방에서 등단한 지 10년 만에 처음으로 소설을
쓴다. 원고지 앞에 앉을 수 있는 주말이 기다려졌다. 희한
했다. 원고지를 메우기 시작하면서 입에 달고 살던 소화
제도 찾지 않았다. 서울의 내 집, 내 방에서의 글쓰기가 그
렇게 좋을 수가 없었다.

작품을 탈고하고 마당에 나온 여름밤 아내가 화분에

가꾸는 문주란 그 굵직한 줄기에 꽃이 만발했다.

단편소설 「전야」. 『창작과 비평』 1974년 가을호에 발표.

1963년 등단한 뒤 「광망」(『현대문학』 1964년 2월호), 「해바라기 시계」(『문학예술』 1966년 1월호) 등 두 편의 소설 발표 이후 처음으로 쓴 소설이 문학 계간지에 발표된 것이다.

전야前夜. 이제 이 작품을 계기로 이 밤이 지난 내일부터 모든 것이 새로이 시작될 것이라는 뜻에서 붙인, 가정부 아가씨 춘자의 상경기를 내용으로 한 소설 제목이다.

고향에 간다. (…)

뭐 별나게 먹은 것 없이 자꾸 오줌이 마렵다. 잘금잘금 신통치두 않은 소변을 보면서 망신스럽게도 히히 소리 내어 웃음이 빠지는 것은 분명 엔간히 가슴 벅차다는 징표다.

— 전상국, 「전야」, 『창작과 비평』, 1974년 가을호

가슴이 벅찰 수밖에. 어제의 그것이 아닌, 보이는 모든 것이 새로웠다.

덩달아 가르치는 즐거움이 멋쩍은 웃음으로 다시 얼굴을 내밀었다. 그 어느 때보다 교실에 들어가는 일이 즐거웠다. 당시 영·수·국 등 주요 과목 선생이면 누구나 다 하

는, 쏠쏠한 수입원인 돼지새끼 기르기의 유혹쯤은 쉽게 물리칠 수 있었다. 제대로 찾은 나만의 오솔길에서의 글쓰기 그 이상의 즐거움이 어디 있겠는가.

주당 30시간의 수업에서 벗어나는 매주 일요일, 그리고 방학이야말로 온전히 글쓰기의 즐거움을 누릴 수 있었다. 그 시간을 이용해 쓴 작품이 여러 문학지에 발표되면서 내게 '방학작가' 혹은 '일요작가'란 이름이 주어지기도 했다.

실제로 이때부터 마른 갯솜이 물을 먹듯 글쓰기 신명에 불이 붙었다.

교과서 걸어가다

—

　그 시절 대부분의 작가들이 다 그러하듯 나 역시 두 마리 토끼를 쫓고 있었다. 가르치는 즐거움으로서의 교직생활, 그리고 글쓰기의 즐거움과 절망을 넘나드는 작가로서의 길. 그것은 남들에게 환하게 노출된 '나'와 이와는 달리 소설 속에 숨어 내보이지 않은 엉큼스러운 또 하나의 '나'가 씨줄과 날줄처럼 손을 맞잡고 걸어가는 일이었다.

　남들이 보기에 그 두 개의 길을 걷는 모습이 그런대로 괜찮아 보였던 모양이다. 당시 어느 문학잡지가 「교과서 걸어가다」란 제목의 글로 작가 전상국 특집을 꾸몄다.

　그는 교실에서 자기 절제의 슬기를 가르치는 자상하면서도 엄격한 스승이고 집에서는 낮은 목소리의 모범 가장, 문단에서는 강인한 생명력을 지닌 선인장 같은 준열한 문학

정신을 가진 모범작가.

재미는 없지만 그는 오자투성이의 우리 시대 가장 완벽한 성인의 교과서임이 분명하다.

그것은 교사로서 걷는 점잖은 걸음과 그것과는 달리 자유분방한 욕구를 소설 속에 담아내는 작가로서의 자기 관리, 그 내숭이 그런대로 잘 어울려 보였다는 뜻일 것이다.

그 무렵 나는 아내가 가꾸는 집 안의 화분에도 자주 눈길을 주었다.

내가 동남아 여행에서 가방 속에 넣고 온 행운목(드라세나) 토막 하나에 아내의 눈길 손길이 갔다. 그 염력 덕인가, 오랜 시간의 수경 재배 끝에 그 나무토막에 여러 송이 꽃이 짙은 향을 앞세워 폈다.

아내는 이웃에서 겨울나기에 실패한 화분들이 쓰레기 집하장에 나오면 모두 주워 들여 잘도 살려냈다. 내가 멀리 남도 섬이나 깊은 산속 고목 껍질에 기생하는 고란초며 일엽초, 때로 콩짜개난을 몇 포기 걷어 오면 그것이 얼마 지나지 않아 집 안 구석구석 자리를 잡고 주인 행세를 했다.

아내가 그렇게 가꾸는 화분 식물이 한 해에 중편 2~3편, 단편 10여 편을 써내는 1970년대 말 내 소설 쓰기 그 중노동의 활력소가 됐다는 것을 부인하지 않겠다.

아내가 피워낸, 짙은 향의 행운목 꽃

떠나고 싶다

———

병이 도진 것이다. 상경하여 새로이 시작한 작품 활동을 10여 년 동안 보통 이상으로 꽤 즐긴다 싶던 어느 날 내 안에서 다시 바람이 일었다. 반란. 여기가 아닌 거기 어딘가로 훌쩍 떠나고 싶은 충동.

새로운 것, 낯선 세계에 대한 선망, 이것이 아닌 저것으로.

모든 것이 지리멸렬하고 내가 하는 짓이 모두 진부했다.

방황, 주말마다 청량리역 광장에서 출발하는 산악회를 따라 산행에 나서는 일이 유일한 위안이었다. 그러나 가끔 산에 오르는 일은 자연에 대한 갈증만 키울 뿐 돌아오면 다시 더 큰 허망.

허망, 욕구의 다른 이름. 나는 내가 걷는 두 길 위에서 길을 잃고 갈팡거렸다. 다시 찾아온, 가르치는 일에 대한 회의는 물론 삶의 어두운 길이나 남의 인생을 훔쳐 칙칙하게 그려내는 내 글쓰기에 대해서도 자조가 밀려왔다. 작가야말로 던적스러운 존재라는.

소설 쓰기 그 결과물에 주어지는 문학상 등 보상으로서의 갖가지 상찬마저 제대로 즐기지 못했다. 허망, 매사가 그냥 그랬다. 내 안에서 뭔가가 빠져나간 것이다.

신명을 잃으면 버리기, 그리고 그것으로부터 도망치기, 그것이 내 주특기였다. 어쩌면 그것은 전업 작가가 되고 싶은 유혹, 출구 찾기, 그 욕구가 얼굴을 내민 것일 수도 있었다.

좁은 집 안 구석구석을 가득이 채운 아내의 그 인위적인 꽃 가꾸기, 그것을 바라보기만 해도 숨이 막혔다.

교직과 글쓰기, 내가 걷는 그 두 길 모두에서 매너리즘의 늪에 빠져 허우적거리는 나 자신을 본 것이다. 보지 않아야 할 것을 본 것이 문제였다. 모든 것이 다 뻔하고, 사사건건 낡고 데데했다. 창의의 실종, '나'를 잃어버렸다고 생각하는 순간 죽을 것만 같았다.

실제로 내가 마시던 술이 술을 마시고 급기야 그 술이 나를 마신 상태에서 남은 인생에 대해, 그 죽음을 컨설팅

하는 단계까지 이르렀다.

　자존심이었을까, 당시 내가 정말 힘들었던 것은 그 위기, 마음의 파고를 아내에게조차 내색하지 못했다는 것이다. 그렇지 않은가, 가장 가깝기 때문에 말할 수 없는 그런 비밀.

서울 탈출

그 위기의 순간, 1985년 봄, 기회가 온 것이다.

대학 학부는 물론 대학원도 함께 다닌 작가 김용성이 국립 강원대학교 교수 채용에 넣었던 원서를 도로 찾아오면서 뜻하지 않게 내게 길이 열린 것이다.

봄봄봄

내가 강원대학교 교수가 된 데는 전적으로 대학 동문인 서예가 중관 황재국 교수의 역할이 컸다. 당시 강원대학교 사범대학 한문교육과 교수였던 황재국 교수는 같은 황순원 선생님의 제자라는 인연만으로 그때 겨우 통과된 가편집 상태의 논문 등 내가 갖춰야 할 교수 채용 지원에 필요한 모든 서류를 챙겨 강원도까지 서류 보따리를 직접 들고 가 접수를 했던 것이다.

내가 강원대학교 인문대학 국어국문학과 교수가 되어 내려가는 경춘선, 성북역에 강원도에서 내건 커다란 현수막이 걸려 있었다.

강원도에 가면 당신도 자연이 된다

12년 만에 서울 탈출, 고향, 자연으로 돌아온 것이다.

2

싹 · 줄기 · 엑스터시

스스로 그렇게 '나'를 찾다

영원한 것은 없다. 그러나 인류 존속에 결정적 역할을 하는 자연은 그 생성과 소멸의 섭리를 통해 영원을 지향한다.

스스로 저절로 존재하는 숲이 그렇다. 수없이 바뀌고 사라지면서도 이 지구상의 숲은 항상 생명의 원천으로서 건재하다. 키 큰 나무가 잎을 피우기 전, 키 작은 나무들은 부지런히 햇빛과 사랑을 나눈다. 그 작은 나무들 아래의 풀들은 자기들 머리 위의 나무가 잎을 달기 전에 앞을 다퉈 꽃을 피우고 열매를 맺는다. 빈틈없는 섭리, 그 치열한 싸움이 스스로 저절로 이룬 균형과 질서를 우리는 아름다움이라고 한다.

더하여 숲은 녹색 탱크. 사람들은 생활에서 피폐하고 고갈된 에너지를 숲에서 충전 받는다.

충전, 마음의 여유가 생기면서 이제까지 큰 길을 정신 없이 달려오던 내게 자연과의 오롯한 만남, 그 오솔길에서 비로소 내가 보였다. 잃었던 '나'를 찾은 것이다.

자연과의 만남, 빼앗기 위해 호시탐탐 상대를 노리고 있는 사람과의 만남과 달리 그것은 항상 덧셈이었다.

나는 강원도에 돌아와 자연과 만나면서 감성대로 살고 싶은 욕구의 충족, 충만한 위안을 얻는다. 그때만 해도 사람들의 발길이 잘 닿지 않는 춘천 분지의 산들을 오르는 즐거움에 빠진 것이다.

작은 것이 더 아름답다. 화악산 깊은 계곡에서 처음 본, 흔히 산갓이라고 불리는 산나물 이름을 알기 위해 야생화 사진작가 김태정 선생을 서울까지 찾아갔다가 그분도 알 수가 없다고 해 허전한 걸음으로 돌아서기도 했다. 나중에 그것이 한국 특산 식물인 는쟁이냉이라는 것을 알았을 때의 기쁨이라니! 자연에 돌아와 그 자연의 산꽃 들꽃에 미치기 시작한 것이다.

김유정을 만나다

—

입학한 지 두 달 만에 연희전문에서 제적당한 스물두 살의 김유정은 1930년 고향에 돌아온다. 연상의 기생 박록주를 향한 연정을 이루지 못한 한에다가 몇천 석 집안의 몰락까지 겹친 상황에서의 귀향이야말로 고향 산천을 통한 상처 치유의 기회였다.

나의 고향은 저 강원도 산골이다. 춘천읍에서 한 이십 리가량 산을 끼고 꼬불꼬불 들어가면 내닫는 조그마한 마을이다. 앞뒤 좌우에 굵직굵직한 한들이 빽 둘러섰고 그 속에 묻힌 아늑한 마을이다. 그 산에 묻힌 모양이 마치 옴폭한 떡시루 같다 하여 동명을 실레라 한다.

— 김유정, 「오월의 산골짝이」, 『조광』, 1936년 5월호

김유정은 고향의 자연 속에서 일제강점기 똥구멍 째지게 가난한 만무방들의 생활을 담 너머로 넌지시 바라보는 일로 위안 받는다. 그네들 이야기를 글로 써내고 싶은 충동, 그때 김유정이 고향에 돌아오지 않았으면 「동백꽃」, 「봄·봄」 같은 작품은 세상에 남지 않았을 것이다.

김유정은 학교도 없는 작은 마을에서 야학과 농촌계몽운동을 벌이는 가운데 처참한 자기 신세의 희화화, 능청과 시치미 떼기로서의 이야깃거리를 모아 소설 쓰는 즐거움을 찾았던 것이다.

신동면 증리. 실레마을에서 김유정을 만나다.

내가 춘천에 내려오던 1985년 봄이다. 그때 등산로도 없던 652미터 금병산을 내려오다가 노란 동백꽃의 알싸한 그 향기를 맡은 것이다.

만 스물아홉 살에 요절한, 그래서 영원한 청년작가가 된 김유정의 소설을 다시 읽는다.

대학원 다닐 때 황순원 선생님을 지도교수로 김유정 연구를 한 덕에 조금 안다고 싶던 김유정 소설의 재미와 그 독특한 매력에 새로이 빠지기 시작한다. 생뚱스레, 김유정 소설의 재미를 모르는 이들에게 그것을 알리고 싶은 충동이었다.

　뭔가 씌우지 않고는 그런 일이 있을 수 없었다. 속수무
책, 김유정 소설에 빠지면서 김유정을 기리는 일에 미치
기 시작한다. 사실은 글쓰기의 즐거움보다 김유정 뒤에 숨
어 사는 일을 더 즐겼다는 말이 맞는 것인지도 모르겠다.
　숨었든 미쳤든 그 값을 치러야 했다. 김유정 기리는 일
을 하기 위해 내가 작가라는 사실을 내려놓기로 한다. 그
것이 결코 쉽지 않았지만 쉽지 않은 그 일을 즐기기로 한
것. 곧 김유정문학촌장, 김유정기념사업회 이사장이 작가
전상국보다 훨씬 명예로운 자리라고 생각하는 그런 사람
들 그 눈높이에 맞추는 일을 즐긴 것이다.
　그 나이에 사경 한 푼 안 받고 김유정네 머슴이 웬일이
냐고 비아냥거리는 동료 교수도, 작가가 작품을 쓰지 않
고 이런 일에 시간을 뺏기는 게 안타깝다고 하는 문단 동
료들도 많았지만 나는 그 미친 짓을 멈출 수가 없었다.
　지금도 마을 사람들은 내가 김유정처럼 소설을 쓰는
작가라는 것을 모른다. 나이 많은 사람이 저리 미친 걸로
미뤄 김유정이 정말 대단한 사람인 것만은 분명하다고,
아무리 그렇더라도 저리 오래 그 자리를 누리는 건 좀 그

렇다고 볼멘소리를 하는 사람들이 있을 뿐이었다.

일찍이 그만둬야 했다. 그만두고 싶었다. 그러나 지금까지 어렵게 이룬 그 일을 지켜내는 일이 더 시급했다. 특히 지자체가 설립한 문학관을 그 방면의 전문성을 가진 민간단체가 위탁 운영을 하면서 지자체장이 바뀔 때마다 발생하는 그 한심한 관료적 '참견시점'에서 운영의 정체성을 지켜내는 일이 결코 쉽지 않았던 것이다.

그것은 누군가는 반드시 해야 할 일을 하고 있다는 일종의 소명감 같은 것이었다.

실레마을 신남역을 김유정역으로, 신남우체국을 김유정우체국으로 개명하고, 금병산에 김유정의 작품 이름으로 된 김유정등산로를 만들고 16마당 실레이야기길을 만드는 것이 내가 선택한 문학의 길, 그 길을 걷는 자의 소명이라고 생각하고 그 믿음을 즐겼다고 해도 좋으리라.

산지기 시인 김희목

—

김유정을 만날 무렵, 동백꽃 피는 실레마을 금병산 자락에서 자신을 산지기라고 하는, 산국농장 주인 김희목도 만났다.

나와 고교 동창인 김희목은 실레마을 금병산 자락 수만 평 황무지에 나무를 심고 있었다. 김희목을 만나는 순간 내 눈에 김희목이 김유정의 화신으로 보였다.

김희목의, 자정이 넘은 시간까지 소형 포클레인으로 농장을 일구는 일에 대한 열정, 천주교 신도회 회장으로서 내걸린 얼굴이면서도 수줍음을 타는 낯가림이나 선천성 외로움이 김유정의 유아적 비주얼과 많이 닮아 보였던 것이다.

나는 김희목과 나무 심는 얘기며 산야초 얘기로 죽이 잘 맞았다. 그때만 해도 황무지였던 금병산 자락에 김희목이 복숭아와 사과 등 과수나무 묘목을 심을 때 나는 산행에서 만난 산야초를 캐다가 금병산 자락 구석구석에 옮겨 심었다. 무지였다. 가리왕산의 곰치며 영월의 노루귀, 화천 화악산 고지대의 얼레지를 열심히 옮겨 심었지만 같은 산속이면서도 그것들은 몇 해 가지 않아 그 뿌리가 다 녹아버렸다.

그 무렵 나는 퇴계동 금호아파트 203동 904호 우리 집 베란다에다 산꽃 들꽃을 키웠다. 베란다에 들꽃을 키우면서 얻은 결론은 아파트에서는 안 된다는 것. 들꽃은 반드시 겨울에 휴면기를 가져야 꽃이 핀다는 사실의 확인이다. 남향의 베란다에서 겨울을 난 들꽃은 철도 없이 아무 때나 잎이 퍼지고 웃자라 줄기가 튼튼치 못할 뿐 아니라 꽃도 제대로 피지 않았던 것이다.

감자난이나 산지 암벽에 붙어사는 병아리난초를 아파트 베란다에 길들이려다 실패한 그 우매를 생각하면 지금도 얼굴이 뜨겁다.

금병산 자락 산국농장에 자주 드나들면서 김희목이 가꾸는 복숭아밭을 '금병도원'이라 불렀다. 금병도원에서 이야기가 시작되는, 작가 김유정의 전기소설을 다소 새로운 수법으로 구상하기 시작했던 것이다.

실제로 금병산 산자락은 김유정 소설 13편의 무대다. 한들, 수하리골, 백두고개 등 현재도 쓰이는 지명이 그대로 김유정 소설에 나오는 것은 물론 「산골」에 그려진 잣나무 숲이 김희목의 산국농장에 있었고 「동백꽃」이나 「만무방」, 「금 따는 콩밭」, 「아내」, 「소낙비」, 「총각과 맹꽁이」 등에 묘사된 곳이 금병산 자락 실레마을의 지금 그것과 너무 흡사하다.

나는 김유정의 고향 마을에서 김유정이 야학을 할 때 가르쳤던 제자들을 여럿 만나 그때의 이야기를 채록했고 경기도 광명시와 서울 서초동에 살고 있는 그의 조카 영수, 진수 씨도 각각 만나 한 작가의 과거를 더듬어 복원하는 일에 깊이 빠진다.

「봄·봄」, 「동백꽃」, 「산골 나그네」, 「소낙비」, 「금 따는 콩밭」 등은 실제로 마을에 있었던 이야기를 소설로 만든 것이라 그 작품의 모델이 아무개 집 아무개라는 이야기가 아직까지도 마을 사람들 입에 오르내리고 있을 정도다.

소설 「봄·봄」의 주인공 점순이의 실제의 딸과 며느리도 마을에서 만나 그 소설이 실제로 있었던 이야기를 근거로 하고 있음을 확인하기도 했다.

나는 김유정이 생전에 많이 올랐던 금병산에 자주 오르면서 '봄·봄길', '산골나그네길', '동백꽃길', '만무방길' 등 김유정의 소설 제목이 들어간 '금병산김유정등산로'를 만들었다. 김유정을 널리 알리기 위해 실시한 금병산 김유정등산대회 그 첫해에는 2천 명 가까운 사람들이 몰려와 멀쩡하던 산길을 망쳐놓기도 했다.

　내가 직접 그 이름을 지어 만든 '실레이야기길 16마당'도 산지기 시인 김희목이 자신의 산자락 땅을 내놓아 가능했다.

농사 흉내 내기

—

속수무책束手無策. 강원도로 돌아오면서 김유정에게 미친 내가 어느 날부터인가 또 다른 것에 미치기 시작했다. 나무를 심는 일이다. 무슨 뚜렷한 계획도 없이 빈 땅만 보면 나무를 심었다. 그동안 산국농장 김희목의 나무 심는 일이 그렇게 부러웠던 것이다.

어쩌면 내가 나무 심는 일에 미친 일을 굳이 따지자면 언제고 시골에 들어가 집을 짓고 살겠다는, 전원생활에 대한 꿈, 그 포석 같은 게 아니었는가 싶다.

때마침, 서울에서 내려온 내게 동료 교수들이 함께 전원생활을 할 땅이 있으니 동참하지 않겠느냔 제안이 왔다. 원창고개 너머 새술막 가지울 골짜기. 꿈꾸던 일이라 마다할 이유가 없었다.

한참 뒤에야 안 것이지만 그곳은 서북향에 접근성도

안 좋아 집을 짓고 살 그런 땅이 아니었다. 그러나 내 눈에는 그곳이 천국이었다. 문제는 땅을 공동 명의로 한 다른 사람들이 그곳에 들어와 살겠다는 처음 약속과는 달리 얼씬도 하지 않았던 것이다. 그렇게 모두가 포기한 그 골짜기에 집터를 닦고 농사짓는 흉내라도 낸 사람은 오직 나 하나뿐이었다.

다행히 이웃에 내가 농사 흉내 내는 꼴을 매우 딱한 눈으로 바라보는 어른 한 분이 있었다.

"선상님, 감자 심을 때 됐에유."

그 어른이 농사일에 백판 무식인 나를 틈틈이 챙겼다. 강낭콩, 옥수수, 무씨 뿌리기 등 평지보다 절기가 보름쯤 늦는 가지울의 파종기를 늘 잊고 지내는 내가 꽤 딱해 보였던 모양이다. 고추 줄 매는 요령이며 두세 알씩 뿌리는 옥수수 심는 간격도 당신이 직접 시범을 보였다. 싹 틔운 고구마 줄기를 황토 물에 뿌리 내리는 법도 그 어른한테 배웠다.

콩잎이 거의 떨어질 무렵의 늦가을 내가 밭에서 콩을 꺾고 있었다. 콩 포기를 낫으로 베려니 어떤 때는 뿌리까지 뽑혀 올려올 정도로 힘이 들었다.

"선상님, 콩 꺾는다는 얘기두 못 들었수?"

가지울 연세 높은 그 어른이 내게서 낫을 빼앗아 들었다. 낫을 콩 포기 밑동에 댄 다음 왼손에 쥔 콩대를 앞으로 슬쩍 내미니 말 그대로 콩대가 쉽게 꺾이는 것이 아닌가.

"선상님이 어제 김 매구 조 아래 내려서니까 쇠비름이 '야들아, 이제 됐다' 그러면서 모두 으쌰으쌰 일어납디다."

밭의 김을 맬 때는 뽑은 풀포기를 모두 거둬내야 한다는 이웃 어른의 가르침이다. 어디 쇠비름뿐인가. 힘이 든다고 풀을 대충 뽑아 던지고 며칠 후면 호랑이 새끼 치게 무성했다.

흙은 모두 씨앗이다.

잡초와의 싸움에서 내가 얻은 결론에 가지울 그 어른의 토가 달린다.

"땅 파먹구 산다는 게 다 게서 나온 말이지우."

돌도 오줌을 싼다는 말도 그 어른한테 들었다. 밭에 있는 돌 하나도 다 나름의 역할을 한다는 뜻이다.

산과 밭 경계의 풀을 베어놓아야 산짐승이 밭에 안 든다는 말을 우습게 들었다가 들짐승한테 고구마와 콩 농사가 작살나기도 했다.

사실 나는 밭에 가는 순간 멍청해진다. 내가 대학에서 학생들을 가르치는 그 지식이 한 조각도 쓸모가 없다는 것을 알면서부터다.

일을 하다가 밭둑에서 담배를 피우며 먼 산을 바라보는 가지울 그 어른의 무연한 표정을 어느 철인에게서 발견할 수 있겠는가. 나들이옷으로 챙겨 입고 집을 나서면서도 밭작물에서 눈을 떼지 못하는 농심을 어느 책에서 읽을 수 있단 말인가.

가지울 그 어른은 내 몸에 덕지덕지 붙어 있는 세속의 잡것을 한순간에 무력화시킨 뒤 자연의 빛과 소리, 우주의 신비에 취하는 법을 내게 가르쳤다.

이 글을 쓰고 있는 중에 가지울 어른이 돌아가셨다는 소식을 듣는다.

나무를 심다

　새술막 가지울. 초장에 설치는 놈 믿을 게 못 된다고, 너무 너른 땅이라 매사가 힘에 부쳤다. 천 평에서 5백 평, 5백 평에서 백 평으로 농사짓는 땅을 줄이다 보니 손을 못 댄 땅에 잡초가 무성해 밭과 산이 얼씨구 하며 붙어버렸다.

　어디 얼마나 하나 보자, 지켜보던 마을 사람들이 아까운 땅 놀린다고, 휴경지 신고를 해버렸다.

　그 땅에 나무를 심을 수밖에 없었다. 때마침 조림 사업이 붐인 데다가 보는 눈은 있어 좋다는 나무는 묘목값 아끼지 않고 다 사다 심었다. 그때 금병산 산국농장의 자잘한 나무들을 그곳에 옮겨 심은 것만 해도 꽤 많다.

　내 손으로 직접 심은 나무가 뿌리를 내려 커가는 모습이 그렇게 좋을 수가 없었다. 문제는 심기만 했지 그 나무 관리를 제대로 하지 않아 나무 꼴이 말이 아닌 데다 마을 사람들이 나무 그늘로 해서 자기네 농작물 성장에 피해가 크다는 항의가 잇따랐다.

　그러나 나의 나무 심는 신명은 장소를 바꿔 이어졌다. 태 버린 고향, 생의 마지막 짐을 내려놓을 선산이 가까운 홍천까지 나무 심기의 범위를 넓혀갔다. 나의 나무 심기는 지금 심은 나무가 나보다 이 세상에 더 오래 머물 것이란 오래된 나무에 대한 경외감이 없이는 불가능했을 것이다.

느티나무, 기념식수

    1996년, 복사꽃이 만발한 어느 날 세 살 된 외손자와 함께 금병산 산국농장 금병도원으로 나들이를 갔다.

    김희목 시인이 새끼손가락만 한 느티나무 두 그루를 들고 잣나무 숲에 나타났다. 기념식수를 하라는 것이다. 십 년이 넘게 김유정에게 미쳐 산국농장까지 사람들을 끌고 와 농사짓는 일을 훼방 놓는 나를 지켜본 김희목이라 이런저런 일들을 생각해 기념식수를 제안한 것이다.

    잣나무 숲 마리아상이 있는 근처에 그때 심은 그 느티나무가 아름드리로 컸다. 감회가 깊어 몇 년 전 그 느티나무 밑에 '나무와 동행'이란 표지석을 놓았다. 그 나무 옆에 그때 함께 심은 친구 김희목의 느티나무에는 '꿈꾸는 나무'란 표지석을.

    그 느티나무를 바라볼 적마다 나는 혼잣소리로 하는

말이 있었다. 작가와 시인의 기념식수라, 여기가 바로 문학의 뜰이구먼.

말이 씨가 된 것일까, 그래, 그 기념식수의 염력이었을 터이다. 잣나무 숲의 그 느티나무 두 그루를 중심으로 지금의 '문학의 뜰'이 조성된 것이다.

기념식수를 한 느티나무와 표지석

유정의 사랑

—

느티나무를 기념 식수한 그 잣나무 숲 일대가 내가 쓴 장편소설 『유정의 사랑』의 주 무대다. 『유정의 사랑』은 소설로 쓴 전기며 작가론이면서 그것의 해체 작업이기도 하다. 소설의 전통적 서술 양식 위에 문학 장르가 보여줄 수 있는 다양한 형태의 표현 양식을 구사하는 일로 소설 쓰기의 즐거움을 얻었다.

> 들판의 딸 하리, 여름산행에서 그 여자를 만났다. 금병산 중턱 조금 후미진 산등성이의 솔밭 속이었다.
>
> ─ 전상국, 『유정의 사랑』, 고려원, 1993

이렇게 시작된 『유정의 사랑』에는 작품 속 등장인물들이 자연과 동화하는 그들 나름의 인식이 아포리즘으로 나

양지꽃

타난다.

　　* 나는 봄이 되면 한 그루의 나무가 된다. 싹을 틔우느라
어지럽고 항상 미열을 느낀다.
　　* 함께 보고 함께 느낄 수 없다는 것은 절망이다.
　　* 이 봄, 모순의 밭에서 피어나는 장미의 아픔을 그대는
아는가.
　　* 영원한 것은 없다. 그러나 꽃은 다시 핀다.

　작품 여러 곳에 등장인물들이 산행을 하며 만난 산꽃
이며 나무 이름들이 많이 나온다. 내 글쓰기 신명 중의 하
나가 어떤 분야에 대한 전문성으로 독자의 신뢰를 얻어낸
다는 일이다. 즉 산꽃 들꽃에 대해 이만큼 많이 알고 있다
는 그 뽐냄을 통해 독자들이 내가 쓴 소설 속으로 기꺼이
걸어 들어오게 한다는, 소설 쓰기의 전략 같은 것.

　　완연한 봄기운이 냇물 소리에 실려 반짝거렸다. 냇가에
는 갯버들이 실팍하니 물이 오르고 길바닥으로는 양지꽃
새순이 뾰족하게 솟아났다. 묵밭에는 꽃다지와 냉이가 싹
을 틔우고, 구슬붕이, 솜나물, 떡쑥, 봄맞이꽃에다가 갖가지

현호색과 제비꽃이 연초록으로 다투어 잎을 폈다.

— 전상국,『유정의 사랑』, 고려원, 1993

내가 지금까지 금병산 정상(652m)까지 오른 횟수는 대충 150번 정도.『유정의 사랑』에는 금병산 말고도 내가 자주 올랐던, 춘천분지를 둘러싼 꽤 여러 개의 산이 등장한다. 검봉산, 오봉산, 구절산, 연엽산 등. 멀리 원주의 치악산도 작품의 무대다. 산에 오르고 거기서 본 것들을 소설에 그려냄으로써 이야기의 디테일 그 현장감이 작품 형상화에 이바지하리란 믿음이었을 것이다.

소설에서의 시간적 배경은 그것이 어느 때 이야기인가를 알리는 결정적 역할을 한다.

『유정의 사랑』에는 작가 김유정이 활동하던 1930년대와 김유정의 생애와 작품 세계를 오늘의 시점에서 추적하여 서술하는 현재(1990년대)가 교차하고 있다.

격세지감隔世之感. 1990년대 초만 해도 신남역이 있는 춘천시 신동면 실레마을에는 김유정의 생가며 기념전시관 등이 없었다. 마을 한가운데를 지나가는 좁은 농로가 2019년 현재는 4차선으로 훤하게 뚫렸다. 그리고 2002년 복원된 김유정 생가와 전시관 앞쪽, 지금의 야외무대며 김유정이야기집이 있는 그 일대가 모두 논이었다.

　산국농장으로 오르면서 본 김유정의 고향 집터(박동근 씨 집 옆 빈터) 울타리 안에는 자귀나무가 봄을 기지개하고 박태기나무 가지에는 묵은 깍지가 아직 그대로 붙어 있었다.

　금병산 잣나무 숲 소 여물통에는 여전히 물이 철철 넘치고 있었고, 마리아상 앞에는 꽃다발이 두어 다발 놓였다.

　— 전상국,『유정의 사랑』, 고려원, 1993

　현란한 분홍빛 하늘. 금병산 자락의 도원향.

　복숭아밭을 보는 순간 어지러웠다. 눈앞이 온통 복사꽃이었다. 오른쪽으로 드넓게 터진 금병산 자락이 흰빛과 담홍빛으로 어우러져 구름밭이 되면서 산 위로 그 붉은 기운들이 화사하게 퍼져 오르고 있었던 것이다. (…) 이태백은 죽고 싶지 않았다. 왜 느닷없이 달 아래 혼자 술 마시던 이태백이 떠오른 것일까. 이렇게 살아서 자연을 황홀히 볼 수 있다는 이 벅찬 실존, 식물성의 잠으로 오는 이 깊은 감동, 혼자 보는 이 고통, 나는 무량수의 생명력으로 가벼이 떠오르고 있었다.

　— 전상국,『유정의 사랑』, 고려원, 1993

김희목의 복숭아밭, 금병도원으로 오르기 전 반드시 거쳐야 하는 잣나무 숲 일대가 지금의 '문학의 뜰'이다. 장편소설 『유정의 사랑』의 배경이기도 한 이곳이야말로 김유정문학촌이 만들어지기 전 서울 등 외지에서 온 사람들이 작가 전상국을 통해 김유정을 만날 수 있는 유일한 장소이기도 했다.

지역 문화·예술 그 정체성을 찾아

내가 1985년 3월 서울에서 이곳에 내려왔을 때만 해도 김유정의 고향 춘천시 신동면 실레마을은 간이역(신남역)이 있는 아주 작고 한적한 마을이었다. 김유정의 고향이 춘천이라는 것을 아는, 김유정 소설의 몇몇 독자들이 이따금 찾아올 뿐 마을 어디에도 작가의 생애나 작품 세계를 더듬을 수 있는 그 어떤 흔적이 없었다.

다행히 1994년 무렵부터 지역의 몇몇 문화예술인들이 한마음으로 김유정의 고향 마을에 생가를 복원하자는 뜻을 지자체에 건의함으로써 춘천시가 강원도의 '조상의 얼 선양사업'의 하나로 김유정의 생가 복원과 기념전시관 건립을 추진하기 시작했다.

그러나 생가 터와 하루 30명 정도의 관광객이 올 것에 대비해 설계한 기념전시관을 지을 토지 매입 문제가 쉽지 않아 문학관 조성 사업은 지지부진 몇 년간 잘 진행되지 않았다.

그 무렵 내가 김유정을 알리기 위해 자주 찾아가던 곳이 바로 금병산 자락 산국농장이었다. 당시 학교가 없는 마을에 야학당을 지어 농촌계몽운동을 하던 김유정이 어린 제자들과 자주 올랐다는 금병산의 잣나무 숲 일대가 산국농장이었던 것이다. 김유정의 생애와 김유정이 남긴 소설 이야기를 하기에 그 이상 좋은 곳이 없었다.

김유정의 화신인 김희목이 그 잣나무 숲에 사람들이 둘러앉을 자리를 만들고 그곳에 돌로 된 연단까지 만들었다.

나를 만나 김유정 이야기를 듣는 사람들이 점점 늘어나면서 지역의 언론 및 문화예술단체들이 앞을 다퉈 그 잣나무 숲에서 백일장이나 음악회 등 갖가지 행사를 벌였다. 당시만 해도 춘천에 그런 행사를 할 만한 문화 인프라가 별로 없던 때라 금병산 자락 잣나무 숲은 산국농장 금병도원(복숭아밭)과 함께 지역의 문화 명소가 될 수밖에 없었다.

지역의 문화예술계 사람들은 물론 박완서, 오정희, 최수철, 이외수 작가와 이해인, 최돈선 시인 등 이름 있는 문

인들이 그 숲을 자주 찾으면서 작가인 내 머릿속에 하나
의 그림이 그려졌다.

그 잣나무 숲이 있는 금병산 일대를 지역 문화·예술의
정체성을 찾고 그것의 관광자원화 진지로 만들자는 생각
이었다.

'김유정청소년문학수련장'을 만들자는 것. 지자체가 추
진하고 있는 김유정 생가 및 전시관 조성 사업이 몇 년째
지지부진한 상태에서 대안을 찾은 것이다. 금병산 자락에
청소년문학수련장과 함께 곧바로 김유정 생가 복원과 기
념전시관까지를 묶어 건립하자는 계획이었다.

김희목 시인이 잣나무 숲 일대의 땅 5천 평을 내놓겠다
는 뜻을 밝히면서 일은 일사천리로 진행된다. 지역의 몇
몇 문화예술인들이 뜻을 같이하면서 일 추진을 위한 모금
운동까지 벌인다. 지역의 문화예술 지킴이를 자처하며 카
페 오페라를 운영한, 지금은 고인이 된 내 고교 동창 이철
준 등 지역의 문인들과 함께 일을 추진했다. '김유정청소
년수련장조성위원회'가 결성된 것이다. 설립 취지에 걸맞
은 수련장 청사진을 만들고 시설 설계까지 완성해 곧바로
문화체육부로 올라갔다.

문화체육부 장관(이민섭)을 직접 만나 실무 국장들 앞에

서 브리핑을 하면서 일의 전망이 더욱 밝아졌다. 지자체의 김유정 생가 복원과 문학전시관 조성 사업이 거의 진행되지 못하고 있을 때라 우리의 수련장 조성 사업에 거는 기대가 클 수밖에 없었다.

그러나 얼마 뒤 강원도 도지사가 나를 만나자고 했다. 문체부를 통해 추진하고 있는 '김유정청소년수련장' 설립 취지에는 동의하지만 그것의 설립 문제를 놓고 지역의 일부 언론사 및 문화예술단체들 사이에 갈등이 있어 그것으로부터 자유롭지 못한 지자체의 처지를 이해해달라는, 그 일의 추진을 중지해달라는 권고였다.

그때 그 일만 제대로 성사됐다면 김유정을 기리는 일은 말할 것도 없고 지역 문화·예술의 위상 및 발전 전망은 크게 달라졌을 것이란 아쉬움이 오래 가시지 않았다.

그러나 그 일을 빌미로 해서 그때까지 지지부진하던 춘천시의 김유정 생가 복원과 기념전시관 조성 사업 추진에 촉진제가 됐다는 것만으로 위안을 삼을 수밖에.

김유정청소년수련장, 그 일 추진의 바탕이 됐던 금병산 잣나무 숲 일대가 지금의 '금병산예술촌'이다.

금병산예술촌

예술촌. 일부러 맞춰 조성된 마을이 아니다. 한 사람, 또 한 사람, 예술 하는 사람들이 무심코 들렀다가 이런 곳이라면 창작의 신명을 얻을 수 있겠다는 생각에서 자리를 잡기 시작한, 이른바 자연발생적 예술 마을이다.

금병산예술촌 표지목

예술촌 사람들

　　산국농장의 김희목이 1999년 첫 시집 『산국농장 이야기』와 『산국농장에 올 때는 티코를 타고 오세요』, 『나는 지금 엠마오로 갑니다』, 『오늘도 나는, 사과나무를 심겠습니다』 등 네 권의 시집을 내면서 자칭 산지기 시인으로 금병산예술촌의 중심이 됐다.

　　선친의 뜻에 따라 금병산 자락 황무지에 나무를 심어 가꾼 김희목 시인이야말로 금병산예술촌의 대부라고 할 수 있다.

　　권태환 서울대 사회학과 교수가 정년을 일 년 앞두고 부인 수채화가 유명애 권사와 함께 금병산 자락에 들어와 삶의 공동체인 '예예동산'과 '예예 수채화갤러리'를 연 2005년을 금병산예술촌의 원년으로 봐도 좋을 것이다.

　　그다음 해 기독 화단의 대모 유명애 권사의 자매인 유

인애 선생이 바깥분인 변우현 강원대 생물학과 교수와 함께 집을 짓고 들어와 부인은 그림을, 변 교수는 와인 제조와 사진 작업을 하면서 백 세가 되신 노모를 모시고 살고 있다.

예예동산에는 성악 전공인 노에녹 한울섬김교회 목사님 내외분이 예술촌 분위기를 역동적으로 리드하고 있다.

함섭 한지아트스튜디오. 한국 화단의 거목 함섭 한지 작가가 서울에서의 활동을 접고 귀향해 금병산 작업실에서 열정적으로 작품 활동을 벌인 것이 2010년, 금병산예술촌의 새로운 시작이라 할 수 있겠다. 한지아트스튜디오 옆에는 함섭 작가의 자부 정보경 작가의 작업실도 있다.

김윤선 도예공방. 2018년 춘천시청 청사에 2018명 시민 얼굴 도자 타일 제작의 예술감독을 맡았던 김윤선 도예가도 금병산예술촌에서 매년 여는 라쿠소성 체험 등을 통해 이 고장 도예 문화에 크게 이바지하고 있다.

소화갤러리. 이양순 민화 작가의 민화 갤러리는 한국 민화의 현주소를 확인할 수 있는 수준 높은 작품들을 보기 위해, 혹은 민화를 공부하기 위해 찾아오는 사람들로 늘 북적인다.

함광복 DMZ 스토리텔러. 『할아버지, 연어를 따라오면 한국입니다』, 『한국 DMZ, 그 자연사적 탐방』, 『DMZ는 국경이 아니다』의 작가 함광복, DMZ의 산 역사이며 그 문화정책의 최고 입안자가 금병촌예술촌의 가족이다.

티 소믈리에. 함광복 DMZ연구소 소장의 부인 원영희 선생은 금병산예술촌에 DMZ 스토리와 차 문화 보급에 열정을 바치고 있다.

2015년 국제신문 신춘문예 소설 부문 당선작 「알라의 궁정」으로 등단해 소설집 『푸른 고양이』를 낸 송지은 작가의 'ㅅ글방'도 예술촌에 있다.

강원대학교 조경학과 조현길 교수도 금병산예술촌에 연구실을 두고 예술촌 가꾸기에 큰 힘을 보태고 있다.

책과인쇄박물관. 우리나라에, 아니 세계에 단 하나뿐인 책과인쇄박물관은 전용태 관장이 사재를 털어 평생 모은 활판인쇄 관련 모든 자료와 활판으로 인쇄된 희귀 서적들을 볼 수 있는 곳으로 김유정문학촌과 함께 이 고장에서 관람객이 가장 많이 찾는 명소 중의 하나다.

이외에도 지금은 유명을 달리했지만 국문학자며 수필가인 고 전신재 교수의 서재 '금병서실'에는 민속학 관련 서적과 김유정 연구를 집대성한 자료 등이 소장돼 있다.

'옥천산방'은 서홍원, 송동근, 허성오 한림대 의대 교수

홍매화나무

들이 공동으로 쓰는 서재로 넓은 목재 데크 한가운데 홍
매화나무 한 그루가 눈길을 끈다.

금병산예술촌에는 아직 입주는 안 했지만 오래전부터
윤흥식, 노각현 두 사람이 특용작물 재배로 금병산 자락
을 귀하게 가꾸고 있다.

노각현 선생은 요즘 농막 안에서 수준 높은 서각 작업

에 깊이 빠져 있다. 윤흥식 선생은 방송 드라마 필름 등 귀한 방송 자료를 많이 소장하고 있고 그 부인 김길자 국악인은 〈정선 아리랑〉 전수자로 널리 활동하고 있다.

최근 예술촌 초입에 컬처 카페 'THE WAY'를 차린 박선이 대표는 서울에서 아동문학 전문 출판사를 경영하고 있다.

이외에도 오세성, 전상학, 주근동 선생 등이 각각 솟대 제작, 서예 등의 작품 활동을 하면서 예술촌 가족으로 함께 살고 있다.

금병산예술촌에서는 매년 1회씩 예술촌 입주자들이 각각 창작한 작품을 선보이는 금병산예술제가 열리고 있다.

　보고 듣고 놀고

금병산예술촌 예술제 때 내걸리는 현수막의 캐치프레이즈다.

금병산 자락에 짐을 풀다

내가 작가로서 금병산예술촌 가족이 된 것은 2013년 봄이다. 사실은 내가 금병산 산속에 집을 짓고 들어오면서 고 전신재 교수와 함께 예술촌이란 마을 모임을 주선했다. 산지기 시인 김희목이 오랜 세월 가꾼 금병산 자락에 들어와 작품을 만드는 유명애 작가와 함섭 한지 작가의 열정에 감동한 것이다. 각기 별난 개성을 가진 예술가들이 서로의 세계를 인정하고 서로 보듬는 가운데 작품을 만드는 신명은 물론 이곳을 찾아오는 많은 사람에게 예술작품 감상을 통한 자연 친화적 힐링 효과를 줄 수 있다고 믿었기 때문이다.

어떻게 된 거야? 많은 사람이 작가 전상국이 금병산 자락에 짐을 풀어 예술촌 가족이 된 경위를 궁금해한다.

1985년부터 어언 30년 넘게 드나들면서도 단 한 번도 이곳에 둥지를 틀 생각이 있다는 것을 내비친 적이 없었기 때문이다.

둥지는커녕 여기 춘천이 아닌 어딘가로 떠나는 일만이 김유정으로부터 벗어나는 길이라고 생각했다. 그것이 곧 이제까지 오랜 세월 잃어버리고 산 나 자신을 찾는 유일한 길이라고 생각한 것이다. 철이 든 것일까. 아니, 지친 것이다. 어쩌면 그것은 연 백만 명 가까운 관광객이 찾아오는 문학관을 만드는 일보다 그것을 지켜내는 일이 몇 배 더 어렵다는 것을 몇 차례 겪어내면서부터였다.

뜻밖에, 세상일은 전혀 생각하지 못한 데서 길이 열리기도 한다.

결정적인 것은 어느 날 아내가 한 말에서 비롯된다. 내가 무슨 TV 프로그램을 보다가 무심코 '나도 이제 저렇게 봉사하는 삶을 살고 싶다'는 말을 했을 때다.

"당신이 지금까지 해온 일, 그거 봉사 아니에요?"

오랜 세월 십 원 한 장 안 받고 모든 시간과 열정을 바쳐 김유정에게 미쳐 산 그것이 봉사가 아니고 뭐냔 그네의 볼멘소리를 듣는 순간 어깨에 맥이 풀렸다.

신명을 잃은 것이다. 그냥 그 일이 좋아, 남들이 모르는 그 가치를 널리 알리는 일에 모든 것을 바친 그 신명이 한 낱 봉사라는 말로 때워지다니.

불현듯 그동안 잃어버린 시간, 지우고 산 작가로서의 이름을 당장 되찾고 싶은 충동이었다.

떠나자. 그동안 미적이며 제대로 추진하지 못한 향리 홍천에 집 짓기를 서두르기 시작했다. 다 버리고 고향에 돌아가면 아직까지 쓰지 못한 대표작이라도 써낼 것 같은 욕심이 어금니에 지그시 물렸다. 자신이 태어난 고향 마을에 돌아가 여생을 보내는 노작가의 그럴듯한 모습을 그리며. 그러나 뜻밖의 복병이 가까이 있었다.

50년 이상을 동행한 아내가 반기를 든 것이다. 집 아이들까지 동원한 그네의 시위가 심상치 않았다. 시골에 들어가 살던 사람들도 이쯤 나이면 다시 도시로 돌아온다는데 병원도 없는 그 두메산골로 들어가다니! 인생 칠십, 예로부터 드문 그 나이에!

그렇구나! 나이를 의식한 순간 모든 것이 문제였다. 이제까지 단연코 없었던 그 사태 앞에 속수무책 무너져 내렸다.

기신기신 풀이 죽어 찾아간 곳이 고작 금병산 산지기 시인 김희목이었다. 전후 사정을 들은 김희목이 나를 어디론가 끌고 갔다.

아랫마을 옛사람들이 노적봉이라 불렀다는 금병산 자락 작은 동산 앞이다. 나를 위해 오래전부터 숨겨놓은 땅이라 했다.

내가 그처럼 좋아하는 삼악산이 멀리 그림으로 둘러친 언덕이다.

오랜 세월, 금병산 자락의 귀한 땅이 구석구석 택지로 잘려 나갈 때마다 그것이 안타까웠을 뿐 결단코 그곳의 땅을 단 한 평도 욕심내본 적이 없던 내가 김희목이 내주는 그 땅을 고맙다는 말 한마디로 덥석 끌어안았다.

나무들이 나를 보고 있다

—

나이 탓일 것이다. 물론 오래전부터 유별나게 나무와 풀을 가까이했지만 금병산 자락에 집을 짓고 들어와 살면서 모든 것이 달리 보였다. 가까이 있으면 더 가깝게, 멀리 있으면 멀리 있는 대로, 보이는 모든 것이 새롭고 신기했다.

더 놀라운 것은 내 눈에 들어온 나무와 풀들이 내가 그네들을 바라보기 전보다 먼저 나를 바라보고 있었다는 것이다. 내가 그네들을 바라보며 느끼는 그런 표정으로 나를 바라보고 있었다.

아, 저들도 살아 있구나. 저들도 나와 함께 살고 있구나. 내가 보고 느끼는 것을 저들도 똑같이 보고 느끼고 있다는 것을 생각하는 순간 온몸에 전율이 왔다.

ㅎㅎㅎㅎ — 진달래꽃이 내는 웃음소리를 들었다. 우우

우웅…. 벌들을 불러 사랑을 나누는 벚꽃나무의 환락경, 그 환한 웃음소리가 들렸다.

나목의 겨울나기, 완전히 죽은 상태로 추위를 이겨낸 나목의 봄맞이 그 장엄한 소생 앞에 나는 말을 잃었다.

속초의 시인 고 이성선(1941~2001)의 시「풀잎으로 나무로 서서」를 지금과 같은 감성에서 학생들에게 읽어준 적이 있었다.

내가 풀잎으로 서서 별을 쳐다본다면 / 밤하늘 별들은 어떻게 빛날까 / 내가 나무로 서서 구름을 본다면 / 구름은 또 어떻게 빛날까

내가 다시 풀잎으로 세상을 본다면 / 세상은 어떤 모습으로 비칠까 / 내 다시 나무로 서서 나를 본다면 / 나는 진정 어떤 모습으로 세상을 걸어갈까

내가 별을 쳐다보듯 그렇게 어디선가 / 풀잎들도 별을 쳐다보고 있다 / 내가 나무를 바라보듯 그렇게 어디선가 / 나무도 나를 보고 있다

ㅡ 이성선,「풀잎으로 나무로 서서」,『나의 나무가 너의 나무에게』, 오상, 1985

문학의 집 동행

김희목 시인이 내게 내준 땅에 집터를 닦았다. 경사가 심한 동산 비탈에 아까시나무, 떡갈나무 등 잡목이 울울하게 우거져 앞이 내다보이지 않았다. 그 산비탈에 내 눈을 사로잡은 것이 있었다. 수령 사오십 년이 넘는 소나무 20여 그루가 보인 것이다.

그 소나무들을 살려 집을 지으면 좋을 것 같았다. 우리나라 사람 대부분이 그러하듯 나는 별나게 소나무를 좋아했다. 특히 겨울 산의 어두운 갈색 한 자락을 늘 푸르게 두르고 있는 소나무 군락을 좋아했다.

내가 어렸을 적 할머니는 산길에서 노송을 만나면 그 밑에서 나무를 우러러보며 '백 년도 넘었겠다' 그러면서 소나무는 바위틈이나 척박한 땅에서 더 잘 자란다며 어린 손자의 머리를 쓰다듬곤 했다. 그래서일까, 나는 어릴 때부터 소나무를 많이 쳐다봤다.

> 발목까지 빠져드는 눈길을 두 사내가 터벌터벌 걷고 있
> 었다. 우중충 흐린 하늘은 곧 눈발이라도 세울 듯, 이제 한
> 창 밝을 정월 보름달이 시세를 잃고 있는 밤이었다.
> — 전상국,「동행」,『조선일보』, 1963년 1월

내 문단 데뷔작「동행」의 배경이 "눈 덮인, 송림이 웅
웅 울고 있는" 깊은 산속이다. "가끔 소나무 위에 얹혔던
눈 무더기가 쏴르르 쏟아져 내렸다"든가 "그때 좀 먼 곳
에서 우지끈 뚝, 소나무 가지 부러져 내리는 소리" 등의
묘사를 여러 곳에 반복함으로써, 함께 갈 수 없는 사람들
이 함께 가야 하는, 그 기구한 운명을 강조하고 싶었던 것
이다.

소나무, 잣나무, 구상나무, 전나무 등의 침엽수는 주로
높은 데서 살아 나무의 수분 손실을 막기 위해 잎이 가늘
고 뾰족한 모습이 비슷해 그 나무들을 제대로 구분해 보
기가 쉽지 않다. 솔방울과 잣방울은 알아도 바늘잎이 두
개인 일반 소나무와 달리 잣나무는 바늘잎이 다섯 개라는

것을 모르는 사람들도 있다.

　　산을 멀리서 바라봐 그 숲이 검푸르면 잣나무 숲, 그것

보다 짙기가 엷고 맑은 청록색이면 소나무 숲이다.

백송 · 황금송

———

우리나라 사람들 그 절반이 가장 좋아하는 나무로 소나무를 꼽는다.

소나무는 종류도 많아 적송이라고 불리는 육송에, 키가 작은 반송, 바닷가의 해송, 나무껍질이 흰 백송, 일제강점기 많이 심었다는 리기다소나무도 흔히 볼 수 있다. 리기다소나무는 백송처럼 바늘잎이 세 갈래다.

'문학의 뜰'에는 백송 아홉 그루가 있는데 안성의 김유신 시인의 청류재수목원에서 옮겨온 것들이다. '문학의 뜰' 황금송 네 그루는 춘천에서 농원을 경영하는 제자가 선물한 것으로 잎끝이 황금빛을 띠고 있다.

내가 깊은 산에서 자생하는 황금송을 처음 본 것은 1980년대 삼척 신리계곡 산등성이었으나 지금은 우리나라에 딱 한 그루 남아 있던 그 어미나무가 사라졌다는 말

황금송

을 들었다.

믿음이 곧 내일이다. 금병산 산자락에 집터가 마련되자 나는 아내와 함께 곧바로 2년생 어린 소나무 묘목 1백여 그루를 노송이 서 있는 그 비탈에 심었다. 이 작은 소나무들이 지금의 노송 밑에서 노송보다 더 오랜 세월 주변의 모든 나무들과 함께 살아갈 것이란 믿음에서다.

잣나무 숲에 가야 '이쁜이'를

—

한국 소나무Korean pine라고 알려진 만큼 우리나라 중부지방 이북에 잘 자라는 잣나무는 잣송이 하나에 백 개 이상의 잣 알갱이가 들어 있어 청설모의 좋은 겨울 먹잇감이다. 생산지의 풍토 때문일 터, 예전부터 경기도 가평 잣, 강원도의 홍천 잣, 춘천 잣이 인기가 높다.

금병산 자락 '문학의 뜰'에는 현재 40여 그루의 고목 잣나무가 있다. 내가 1985년 이곳에 처음 왔을 때만 해도 수령 백 년이 넘는 잣나무가 60여 그루 우거져 있어 제대로 된 잣나무 숲이었다. 그러나 백 년이 넘은 잣나무 수십 그루가 이유도 알 수 없이 시름시름 말라 죽어 오늘에 이른 것이다.

김유정 소설 「산골」도 마을에 실제로 있었던 이야기를 근거로 하여 쓴 작품이다. "도련님과 너 그랬다지?" 이런

소문 속에 '이뿐이'가 서울로 떠난 뒤 돌아오지 않는 도련님을 생각하며 헤매던 그 산속이 지금의 '문학의 뜰' 잣나무 숲 여기쯤이 아닐까 싶다.

  * 나물 뜯을 생각은 않고, 이뿐이는 늙은 잣나무 허리에 등을 비겨대고 먼 하늘만 이렇게 하염없이 바라보고 섰다.
  * 이뿐이는 잣나무 뿌리를 베고 풀밭에 번듯이 드러누운 채 푸른 하늘을 바라보며 인제 멀리만 달아나면 나는 저 도련님의 아씨가 되려니 하는 생각에 마님께 진상할 나물 캘 생각조차 잊고 말았다.
  * 이뿐이는 늙은 잣나무 밑에 앉아서 먼 하늘을 치켜대고 도련님 생각에 이렇게도 넋을 잃는다.
  * 잣나무 밑에서 그다지 눈물까지 머금고 조르시는 도련님
  * 사실 터놓고 말하자면 늙은 이 잣나무 아래에서 도련님과 맨 처음 눈이 맞을 때

짧은 작품 속에 이처럼 잣나무가 많이 나오다니.
'이뿐이'가 잣나무 허리에 등을 비벼대며 하늘을 쳐다보던 그 늙은 잣나무가 지금까지 금병산 자락 이곳에 살

아 있다. 몇 그루는 그루터기로. 어쩌면 이 잣나무들은 김유정의 소설 「산골」보다 더 오래 이 세상에 남아 있을 수도. 내가 '문학의 뜰'의 잣나무에 무심할 수 없는 까닭이 바로 그것이다.

주목

—

　같은 소나뭇과 구과식물이면서 주목에는 소나무의 솔
방울, 잣나무의 잣방울 같은 거친 열매 대신 통통하고 부
드러운 고운 황적색 작은 열매가 열린다. 그 작은 열매 속
에 살아 천 년 죽어 천 년의 주목의 씨가 담겨 있다.

　'문학의 뜰' 여러 곳에 별 볼품없이 자라고 있는 대부분
의 주목들은 내가 30년 전 새끼손가락만 한 묘목을 원주
육묘장에서 사다가 심어 키운 것들로, 이곳에 집을 지을
때 동산면 새술막에서 이곳으로 옮겨온 것들이다. 주목
전지를 할 때 자른 나뭇가지를 아무렇게나 땅에 꽂은 것
이, 나도 주목이니 천 년을 살 것이라며 정원 여러 곳에서
음전하게 크고 있다. 지금은 볼품이 없지만 금병산 자락
에서 살아 천 년 죽어 천 년을 보여줄 그 나무야말로 바로
이 주목들이 아닌가 싶다.

사랑할 시간이 많지 않다

———

나는 아내와 함께 집을 짓기도 전에 집터 주변으로 소나무 묘목과 함께 다양한 수종의 나무들을 많이 심었다. 고향도 아닌 곳에 둥지를 튼 나를 받아들인 자연과 더 가까워지고 싶어서였을 것이다. 그전처럼 묘목을 사다가 심기보다는 성공률이 좀 낮긴 해도 제법 성장한 나무들을 옮겨 심었다. 시간이 많지 않다는 쫓김 같은 것일 수도.

정현종 시인의 네 번째 시집 『사랑할 시간이 많지 않다』(세계사, 1989)에 실린 시들은 살아 있음, 그 생명의 신비, 그 존귀함을 읊고 있다. 내가 정현종 시인의 시집 제목인 '사랑할 시간이 많지 않다'에 마음이 오래 머문 것도 저 나무가 언제 커서 꽃이 피고 열매를 달 것인가, 나이 든 사람의 사물 바라보기, 그 심정이었을 것이다.

그러나 나무를 심고 가꾸는 순간만큼은 스피노자의 사

'문학의 집 동행'의 현판

과나무 심기, 그 마음 다짐과 다를 바 없는 신명을 냈다.

그것은 내가 심어 가꾸는 나무 하나하나에 대한 경외감이다. 내가 쓴 소설처럼, 아니 그 이상으로 '문학의 뜰' 나무들이 귀하다는 걸 뜻한다. 실제로 작품을 쓰는 그 이상의 열정과 신명으로 그 나무들을 심었다.

나무를 심으면서, 집을 지으면서 나는 아내와 은연중 마음을 맞췄다. 서로 더불어, 함께, 함께 간다. 함께 산다. 집 주변의 모든 나무들과 더불어, 그것들로부터 받은 그 이상의 사랑을 나눠주면서 살아야 한다는. 아니 그런 다짐 같은 것은 없었다. 그냥 그것들과 함께 살고 있다는 느낌만으로도 충분했다.

그런 희망으로 사는 집 이름을 '문학의 집 동행'으로 했다. 도자기 현판 바탕에 들어간 내 얼굴 그림은 조병화 선생님의 스케치다. 동행…. 집 앞마당의 모든 것들이 둘씩, 혹은 여럿이 짝을 맞춰 함께 있는 모습을 연출하는 즐거움도 있었다. 나무들과의 동행처럼.

아베의 가족

—

 '문학의 집 동행' 바로 밑에 있는 서재 이름도 내가 쓴
소설 이름을 따 '아베의 가족'으로 했다.

 영내를 벗어나면서 나는 키가 팔 척이 넘는 것 같은 우월
감을 맛보았다. 정문의 지피들은 사복으로 바꿔 입은 나를
용케도 알아봐 외출증을 확인하는 일까지 건성으로 했던
것이다.

　(…)

 창배 씨의 집은 춘천에서 강 하나를 건넌 이삼십 리 길의
샘골이라는 마을이다.

　— 전상국, 「아베의 가족」, 『한국문학』, 1979년 9월호

「아베의 가족」은 1979년에 발표된 뒤 MBC 문화방송

6·25특집극(고석만 연출, 최불암·김혜자·유인촌 등 출연)으로 방영되어 시청률 70퍼센트를 올린, 500매 분량의 중편 소설이다. 이 소설은 1980년 대한민국문학상과 제6회 한국문학작가상 등 두 개의 문학상을 수상하면서 작가로서의 입지를 넓히는 데 큰 역할을 한 작품이다.

2005년 대학을 정년 퇴임하기 1년 전, 아내가 운영하는 퇴계동의 독서실 곁에 그네의 배려로 '아베의 가족'이란 이름으로 서재를 꾸몄다. 학교 연구실에 있던 전공 서적들과 대학 시절부터 밥을 굶으며 사 모았던 문학 서적 등 1만여 권의 책을 모두 한군데 모아놓는 공간이 필요했던 것이다. 퇴직 후 나는 그 서재에서 그동안 쓰지 못했던 작품도 몇 편 썼다.

금병산 자락에 자택 '문학의 집 동행'을 좀 큰 규모로 지은 것도 서재 '아베의 가족'에 있는 책 모두를 그곳에 전부 옮겨올 계획이었던 것이다. 그러나 책을 옮기다 보니 집이 온통 책 창고가 될 뿐 도저히 서재로서의 기능을 할 수 없었다.

아내가 먼저 제안했다. 있는 것 모두를 정리해 서재를 따로 짓자는 것. 집을 짓고 남은 구릉지의 땅에 흙을 메워 40평 남짓한 넓이의 서재를 지었다.

서재 '아베의 가족'

　서재 정리를 하면서 뒤늦게 얻은 것이 있다. 그동안 이곳저곳에 처박아둔 채 깜깜 잊고 지냈던 이 시대의 작가·시인 등 글 쓰는 신명을 가진 모든 이들의 결과물 그 하나하나가 모두 그처럼 귀하게 보일 수가 없었다는 것이다.

　한 시대를 함께 글쓰기 신명에 빠진 그 작가 그 시인이

사인까지 해 보낸 책을 아직 읽지 못한 죄스러움으로 책 하나하나를 오래오래 덮지 못했다.

또한 서재를 방문한 많은 사람의 눈길 속에서 나는 비로소 내 본업이 글쟁이임을 알게 된다. 그것은 곧 내가 평생을 끌어안고 산 문학에 대한 준엄한 각성이었으며 결코 버릴 수 없는 글쓰기에 대한 미련 확인이었다.

'아베의 가족'이란 좀 별난 집 이름을 두고 낯선 이웃들이 수군대는 소리를 전해 들었다. 아베의 가족이라니, 거기가 뭐하는 데예요? 그 물음에 누군가 대답하더란다. 이상한 사람들이 많이 들락거리는 걸로 봐 아마 무슨 사이비 종교집단 같다, 고.

그렇다. '내 방' 하나를 갖는 게 소원이었던 그런 시절을 생각할 때 지금의 서재 '아베의 가족'은 나만의 밀교가 칠칠하게 살아 있는, 글쓰기의 신명을 모신 내 문학의 경건한 성전임이 분명하다.

서재 구조는 집필실과 서가 중심의 열람실이 전부로, 작가로서의 내 생애와 작품 세계를 엿볼 수 있는 자료 몇 점과 십여 권의 스크랩북, 그리고 내가 대학 시절 청계천 헌책방에서 어렵게 사 모은 책들로 채워져 있다.

서가에는 서예가 중관 황재국 교수가 기증한『현대문학』창간호를 비롯해 한용운의『님의 침묵』(1925), 이육사의『육사시집』(1946), 황순원의『방가』(1935), 유치환의『생명의 서』(1947), 오영수의『머루』(1954) 등 지금은 구하기 쉽지 않은 책들이 그 하나하나를 소장하기까지의 스토리를 가지고 꽂혀 있다.

삼악산의 노을, 나무와 함께 보다

—

 '문학의 집 동행'과 서재 '아베의 가족'을 오르내리기 위해 산비탈에 오십팔 칸의 계단을 놓았다. 그 계단 양옆으로 백여 그루의 진달래가 삼악산의 저녁노을과 흥을 겨룬다.

 나는 계단을 내려가다 층계참에 서서 멀리 서북향으로 길게 누운 삼악산 풍경 중 저녁노을 바라보기를 좋아한다. 지는 해가 더 아름답다. 안간힘일 터, 나도 저 노을처럼 아름답게 넘어갈 수는 없는 것일까. 그런 어느 날이다.

 우와! 노을 속의 삼악산이 누워 있는 여인으로 보인 것이다. 길게 뻗은 삼악산 좌봉 그 산줄기가 영락없이 콧날 높은 여인의 얼굴이다. 눈가늠을 삼악산 본봉 쪽으로 조금 옮기면 임신한 여성의 불룩한 배가 보이기도 한다. 보

능소화와 삼악산의 누운 여인

이는 대로, 아니 보고 싶은 대로 보이는 것이다.

그날부터 나는 하루에도 여러 번 그 삼악산의 여인과 만난다. 그것은 여성성을 넘어선 생산, 혹은 창조 그런 것에 따르는 미적 선망 같은 것이다. 저녁노을 속에서 실루엣으로 만나는 그 삼악산의 여인이야말로 아직도 배설하지 못한 채 내 안에 남아 있는 글쓰기의 욕망, 어쩌면 그 자성의 제유일는지도 모르겠다.

나는 삼악산 그 여인을 '늘'이라 부른다. 여름에는 삼악산 본봉으로 넘어가던 해가 가을이 되면서 '늘'의 잉태한 배와 가슴을 거쳐 목으로 다시 이목구비가 분명한 얼굴을 어루만지면서 강촌 봉화산 쪽으로 방향을 바꿀 즈음이면

벌써 겨울이다.

집 앞마당이나 서재 앞에서 바라보이는 삼악산의 노을을 몇 년 동안 열심히 휴대폰 카메라에 담았다. 계절에 따라, 아니, 어느 날 어느 시간에 바라보느냐에 따라 노을 풍경은 늘 아름답다. 아름답다는 것은 오늘의 그것이, 아니 이 시간의 그것이 조금 전의 그것과 전혀 다른 모습으로 보인다는, 그 놀랍고 신기함을 뜻한다.

노을 현상은 뜨거나 지는 햇살이 대기를 통과하는 중 파장이 긴 붉은색이 흩어지지 않고 하늘에 남아 있기 때문일 터. 그 붉은빛은 기압에 따라 하늘 물들이기를 달리하며 지나가는 구름과 성에의 아름다움을 연출한다.

노을, 언제 어느 때 보았는가, 그리고 누구와 함께 보았는가. 항상 '문학의 뜰' 나무들 곁에서 그 나무들과 함께 그 노을에 젖었다는 것을 얘기하고 싶은 것이다.

산 밑으로 의암호와 북한강을 거느린 기암절벽의 삼악산은 이인직의 신소설 『귀의성』 첫 구절에 '삼학산'으로 나온다.

삼악산 노을

깊은 밤 지는 달이, 춘천 삼학산 그림자를 끌어다가 남내
면 솔개 동내 강동지 집 건넌방 서창에 들었더라.

　　— 이인직, 『귀의성』, 중앙서관, 1908

　춘천 군수 김승지의 첩으로 간 길순이, 김승지가 서울
로 떠난 뒤 아이를 배 속에 지닌 채 투기 심한 본처 때문에
자살하려고 우물에 빠지는 등 기구한 세월을 보내다가 결
국 모자가 함께 칼에 찔려 죽은 뒤 나중에 삼학산에 묻혔
다는, 춘천 기생 전계심의 이야기와 비슷하게 꾸며진 신
파조 이야기가 『귀의성』이다.

알싸하고 향깃한 노란 동백꽃

집에서 서재로 내려가는 계단 바른쪽 비탈은 김유정의 노란 동백꽃 나무(생강나무) 고목 여러 그루와 종자로 번져 자생하는 동백 어린 나무들이 떼로 모여 자란다. 옮겨 심으면 잘 자라지 않는 동백나무지만 씨를 통한 그 자생 번식만은 놀라워 비탈에 숱하게 퍼졌다.

춘천 금병산 자락에는 동백꽃 나무가 유난히 많다. 1930년대 실의에 빠진 김유정이 고향에 내려와 보던 그 동백꽃이 소설「동백꽃」으로 계속 피고 있다. 언제부터인가 생강나무라는 이름으로 남쪽 해안가의 빨간 동백冬柏, Camellia과 그 이름을 달리하면서.

알싸하고 향깃한 노란 동백꽃 ― 김유정의 소설「동백꽃」으로 해서 널리 알려진 뒤 나는 그 꽃을 '김유정의 동백꽃'으로 불렀다. 오랜 세월, 무슨 한풀이라도 하듯 김유

김유정의 동백, 알싸하고 향깃하다.

정의 동백꽃 알리기에 미쳤다.

강원도에서는 옛날부터 생강나무를 동박 혹은 동백, 산동백이라 불러왔다. 천 년 그 이전부터 불려 내려오고 있는 〈강원도 아리랑〉 가사 여러 곳에 동백 혹은 동박이란 말이 나온다.

* 아우라지 뱃사공아 배 좀 건너주게. 싸리골 올동백이 다 떨어진다.
* 아주까리 동박아 열지를 마라. 두메골 갈보야 몸꼴 낸다.

향이 짙은 동백의 자줏빛 열매로 짠 참동백 머릿기름을 바른 산골 갈보가 모양을 낸다는 내용이다. 동백꽃은 〈소양강 처녀〉의 노랫말에도 나온다.

동백꽃 피고 지는 계절이 오면 돌아와 주신다고 맹세하고 떠나셨죠

'기다리다 멍든 가슴, 안 오시면 나는 나는 어쩌나'의 그 소양강 처녀는 오늘도 산 숲에서 잎이 나오기 전 노란 꽃망울을 터뜨리는 노란 동백꽃의 알싸한 향기에 애만 태우

고 있다.

　김유정의 동백꽃은 꽃 모양이 산수유와 비슷하지만 전혀 다른 나무다. 산수유는 외래 식물이지만 동백은 한반도에만 자생하는 우리 나무로 산수유나 남쪽의 빨간 동백꽃이 냄새가 전혀 없는 데 비해서 꽃 향이 알싸하니 짙다.

　손가락으로 비비면 냄새가 나는 세 가닥 타원형의 잎은 덖어서 꽃잎처럼 말려 차로 쓰거나 부각을 해 먹으면 그 맛이 일품이다. 노란 꽃을 말려 차로 끓여 먹으면 머리가 개운해져 옛날 절간 차로 유명하다.

　나와 동갑내기 속초의 문우 고 최명길(1940~2014) 시인은 동백꽃을 '동배꽃'이라 불렀다. 나는 최명길 시인의 시 「달마봉 동배꽃」이 '노란 동백꽃'을 시문학으로 형상화한 최고의 작품으로 꼽았다. 동백이 아닌 '동배꽃'이란 표현에다 "아직 잠 깊은 나무 숲에서 / 홀로 먼저 꽃을 피워"란, 이른 봄날 산에서 가장 먼저 꽃이 피는 그 생태까지.

　달마봉 동배꽃은 서러워라, / 서리까마귀 가마귀 울음 아래 / 노란 동배꽃 에후리어 / 서러워라, 아직 잠 깊은 나무 숲에서 / 홀로 먼저 꽃을 피워 / 저승길처럼 고요로히 빛을 연 / 그 모습이 서러워라 / (…) / 내 가는 길 / 동배꽃 기른 달

삼지구엽초

마봉이 서러워라.

— 최명길, 「달마봉 동배꽃」, 『반만 울리는 피리』, 1991

동백나무 군락 한쪽에 삼지구엽초가 자생한다. 멸종 위기종이기도 한 초본식물인 삼지구엽초는 잎 세 개가 두 번 갈라져 그런 이름을 가졌을 터. 온 포기가 약재로 쓰여 음양곽이라고도 불린다.

4, 5월에 아래로 향해 피는 황백색의 삼지구엽초 꽃은 그 모양이 일반 꽃들의 모양과 너무 다른 형태라 눈길이 더 가게 된다.

나는 대룡산 팔부 능선 삼지구엽초 군락지에서 마치 비행선 모습으로 핀 그 꽃을 처음 보던 1990년 초 어느 봄날을 내 생애 절정이라고 생각하고 있다.

나는 자연인이다

—

    서재 '아베의 가족' 주변의 나무들 대부분은 오래전 내가 춘천 동산면 새술말 가지울에 묘목을 심어 키운 나무들을 옮겨온 것들이다. 회화나무, 모감주나무, 주목, 산딸나무, 벌나무, 때죽나무 등. 그 사이사이로 아내가 주변의 버려진 땅에 자라는 조팝나무며 개나리와 철쭉 등을 캐다 심어 울타리를 만들었다.

    나무를 심고 가꾸는, 자연인으로서의 그 즐거움을 이야기하고 싶은 것이다.

    도시에 사는 많은 사람이 전원생활을 꿈꾸며 산다. 실제로 그 꿈을 실현한 사람들도 많다. 그러나 대부분의 사람이 그 꿈을 접은 채 도시 생활에 자족하며 산다.

    전원생활을 시작할 마음의 결단이 쉽지 않기 때문이다.

바꿔 말해 전원에 들어가 살기 위해서는 도시 생활에서 누려온 모든 편리, 도시에서만 가능한 문화 향유를 깡그리 내려놓아야 한다. 그것은 생활 패턴의 전면적 변화와 함께, 사는 의미와 사는 방식까지를 완전히 달리하지 않으면 안 된다는 뜻이기도 하다.

전원생활을 선택한 '나' 하나는 그것이 가능하다. 그러나 가족 중 한 사람이 그것을 원하지 않을 때 전원생활은 이뤄지기 어렵다. TV 인기 프로그램 중 하나인 〈나는 자연인이다〉의 주인공이 모두 산속에 혼자 사는 이야기로 만들어질 수밖에 없는 이유이기도 하다.

〈나는 자연인이다〉에 출연한 이들은 이렇게 혼자서 자연을 즐기며 사는 일이 얼마나 멋진 인생인가를 뽐내 보여주자는 제작진의 연출에 의해 연기를 한다. 그러나 나는 영상 연출에서 보여줄 수 없는, 자연인들의 자연에 묻혀 사는 외로움이라든가 남들에게 내보일 수 없는 그네들만의 즐거움이 따로 있다는 것을 알고 있다. 자연 속에서 그네들이 계절에 따라 다른 산의 숨소리를 들으며 나무와 풀과 그 속에 함께 사는 새와 벌레들과 나누는 그 칠칠한 교감의 떨림을.

작은 것이 더 아름답다

이른 봄, 수백 년 나이의 고목 앞에 숙연히 서 있던 내 눈에, 모여 핀, 노란 빛깔의 꽃송이가 눈에 띈다. 숲의 나뭇잎이 퍼지기 전 서둘러 핀 꽃다지다.

우러러 나무를 쳐다보던 눈이 더 활짝 열린다. 우와! 들꽃 산꽃을 향해 탄성이 터진다.

나무에 대해 그러했듯 내 들꽃 사랑은 보이는 아름다움에 대한 찬사, 그것들의 생태 그 신비에 대해 이야기하고 싶은 충동으로부터 온다.

문제는 나무와 풀의 꽃을 보는 내 눈과 그 판단, 아니 사랑의 방식에 있다고 하겠다. 특히 들꽃 앞에 서는 순간 나는 백치나 다름없이 판단력을 잃는다.

키가 그리 크지 않은 백두산 구절초가 만발하면 그 꽃을 내가 가장 좋아하는 가을꽃이라고 말한다. 조팝나무 꽃

은방울꽃

금불초

이 필 때면 조팝나무 꽃 향을 맡기 위해 눈까지 감는다. 앵초 앞에 서면 앵초를, 이른 봄 복수초를 보면 복수초가, 금불초, 옥잠화, 은방울꽃, 삼지구엽초, 인동덩굴 앞에 서면 그 꽃을 내가 가장 좋아하는 꽃이라고 서슴없이 말한다.

아무튼 나는 들꽃 앞에만 서면 아름다움에 대한 기준을 잃고 갈팡거린다. 그 하나하나가 모두 지금까지 알고 있는 그 어떤 것의 아름다움보다 앞선다는 느낌을 어쩔 수가 없는 것이다.

자연 앞에 설 때마다 이것이 내가 바라보는 마지막 풍경이라고 생각하는 데 더 문제가 있다. 생애 마지막 보는 것이니 어느 것인들 귀하고 아름답지 않겠는가.

좋아한다, 잘 안다는 것과는 다르다

—

물론 그것에 대해 잘 알기 때문에 그것을 좋아할 수도 있다. 그러나 무엇을 좋아한다는 것은 다분히 감성적이어서 아는 것 그 이상의 어떤 끌림 현상이라고 할 수 있다.

내가 들꽃을 좋아하는 것이 그랬다. 나는 그냥 생태적으로 자연을 가까이하고 싶었을 뿐 그 자연의 섭리나 이치에 대해서는 아는 게 너무 빈약했다.

그냥 들꽃이 좋다 보니까 처음 보는 들꽃 앞에서 오래 머물렀고 모르고 있던 그 꽃 이름을 어렵게 알았을 때 그렇게 좋을 수가 없었다.

문제는 무엇을 좋아해 그것에 미친 상태에서는 좋아하는 그것을 남들 앞에 드러내고 싶은 충동을 억누르기 어렵다는 것이다. 산길에서 귀한 들꽃을 만나면 그 이름을 모르는 사람들한테 그것을 알리는 신명에 빠지곤 했다.

벌개미취, 9월

당신들이 모르는 것을 내가 알고 있다는, 영락없이 난 척
이다.

　그것의 이름을 모르면 그것이 자신의 인생에 존재하지
않는 것과 마찬가지라고, 그 이름 알리기에서부터 상대의
관심과는 아랑곳없이 내가 알고 있는 들꽃의 생태, 그 매
력을 알리기 위해 열을 내는 것이다.

실제로 나는 산길에서 '여보세요' 하고 나를 불러 세우는 들꽃의 목소리를 듣는다고 믿고 있다. 그것은 내가 들꽃과 소통하는 그 신비의 애니미즘의 경지에 있다는 것을 알리고 싶을 때 일어나는 현상이다.

나는 오래전 지역의 한 방송에 출연해 일 년이 넘은 시간 들꽃 이야기를 하는 신명에 빠지기도 했다. 그것을 혼자 보고 혼자만 느끼는 것이 얼마나 힘든가 하는 과장법으로 들꽃 사랑을 강조했을 것이다.

그러나 어느 때부터인가 나의 들꽃 사랑, 그 표현 방식이 많이 달라졌다. 야외 강의를 나갔던 어느 날 학생 하나가 조용히 귀띔을 했다. 학생들 앞에서 들꽃 예찬을 너무하지 말라는 부탁이다. 지금까지 그것들이 눈에 보이지 않던 학생들이 들꽃 이름과 그 아름다움에 대해 듣는 순간 내가 입에 올렸던 그 들꽃들이 모진 수난을 당한다는 것이다.

그 이후로 나는 남들한테 들꽃이 거기 있다는 것만 알려줄 뿐 그것이 얼마나 아름다운 것인가를 강조하지 않는다. 그 아름다움이 어떠하다고 말하는 순간 들꽃의 아름다움은 그 수명을 다하기 때문이다.

이름을 아는 순간 그것이 존재한다

땅 위에 있는 생물계의 95퍼센트가 식물이라고 한다. 그중에서 가장 유력한 것이 수목으로, 대부분이 인간보다 수명이 길다. 그리하여 사람의 눈에는 모든 수목이 시간을 초월한 존재로 보일 수밖에 없다. 토테미즘 혹은 애니미즘, 그 경이로움이 바로 거기에 있다고 하겠다.

나는 대학 강단에 있을 때 학생들이 그들과 함께 살고 있는 교정에 있는 나무 이름을 얼마나 알고 있는가를 체크하는 일을 즐겼다.

'강원대 캠퍼스에 있는 나무 이름 알아오기'. 교양과목 강의 시간에 이런 과제를 내면서 내가 했던 말이 있다.

우리 곁에 무엇인가 있지만 그 이름을 모르면 그것이 존재하지 않는 것과 같다. 사물의 이름을 알기 시작하면서 비로소 우리는 세계와 만나고 그것과 소통하게 된다. 4년 여를 함께 살면서 매일 만나게 되는 나무 이름을 모르고 지낸다는 것은 우리가 이 캠퍼스의 나무들에게 아무것도 아닌 그런 존재일 수도 있다는 것이다.

자연 친화를 통한 어휘력 기르기의 이 과제는 생각했던 것보다 성과가 좋았다. 막상 나무 이름을 알려고 하니 아는 것이 별로 없어 정말 부끄러웠다고 실토하는 학생이 많았다. 교정 여러 곳을 다니면서 많은 나무를 만나 이름을 아는 과정을 통해 그 나무들을 다른 눈으로 바라보게 되었다는 느낌을 과제물 끝에 적어 넣은 학생도 있었다.

나무 이름을 알고 나서 바라보는 캠퍼스의 사계는 어제의 그것과 분명히 달랐을 것이다. 연적지의 아름다움도, 야외 강의를 나가던 여학생 기숙사 앞동산의 오솔길 걷기의 마음의 여유도 그 주변에 나무들이 있기 때문에 가능했을 것이란 얘기이다.

특히 나무가 모여 만든 숲이 산소 탱크라는 것, 그리하여 우리가 자연을 떠나서는 살 수 없다는 것을 터득하게 되는 순간 우리 곁의 나무 한 그루가 그 어느 때보다 소중하게 생각되었을 것이다.

모든 나무가 저마다의 이름으로 존재하듯 작은 들꽃들도 그 하나하나가 모두 이름을 가지고 있다. 어떤 것은 지역마다 이름이 다르고 본래의 이름에 외국어로 된 학명을 따로 가지고 있기도 하다.

봄에 먹으면 인삼보다 좋다는 '냉이'의 이름만 해도 지방마다 달라 제채, 나상구, 나생이, 나중개, 나시, 나잉개, 애이, 나숭게 등 그 이름이 여럿인 데다 그것이 무슨 목 무슨 과 무슨 속 하는 그 분류까지 따지고 들면 머리가 아프다.

또한 숲의 나무나 들꽃은 그 생김새나 분포 지역에 따라 종류도 가지가지여서 그 이름 또한 섞어 쓰거나 아울러 쓰는 것이 많다.

고욤나무를 깨끔나무로, 머루를 멀루 혹은 산포도로, 명자나무를 산당화로, 봉숭아나무를 홍도화로, 산사나무를 아가위 혹은 산사꽃으로, 산청목을 산겨릅나무 혹은 벌나무로, 진달래를 두견화로, 함박꽃나무를 산목련으로, 죽단화를 황매화 등으로 아울러 쓰고 있음이 그 예라고 하겠다.

이처럼 같은 나무, 같은 들꽃이라 해도 그 이름이 여럿이고 그 종류도 가지가지라 구별이 쉽지 않다. 그렇다고

죽단화

절망할 일은 아니다. 이름과는 상관없이 내가 지금 그 들
꽃을 '보고 있다'가 중요하다. 그 들꽃 또한 자신을 바라보
고 있는 그 누군가와 눈을 맞추고 있다는 사실만으로도
행복할 것이 아닌가.

옥잠화

경춘국도 검봉산이 건너다보이는 강촌 강가 산기슭에 살던 오금자 할머니는 옥잠화 등 산야초 사랑이 그렇게 남달랐다.

92세, 2013년 11월에 『아흔두 살 할머니의 하얀 집』이란 시집을 내고 그다음 해 봄에 돌아가신 오금자 할머니는 남들이 결코 따를 수 없는 억척스러운 삶을 사신 분이지만 자신이 가꾸는 나무와 산야초 앞에서만은 소녀 시절의 분홍빛 감성이 철철 넘쳤다.

난 이 꽃이 그렇게 좋아요. 자목련, 이 꽃 보러 서울에서도 많이 온답니다. 상사초, 그거 일본 갔을 때 얻어온 거예요. 그건 수양벚나무고요.

집 주변 비탈 밭 50여 평이 모두 옥잠화였다. 옥잠화는 향도 좋지만 비 오는 날 그 잎에 떨어지는 빗방울 소리가

옥잠화, 향에 취하다.

더 좋다고 했다.

옥잠화 새겨진 옥비녀 옥가락지로 곱게 단장하셨던 당신 어머님을 생각하고 일본에서 어렵게 한 뿌리 구해다 심은 옥잠화가 그렇게 퍼졌다고 했다.

지금의 금병산 자락 잣나무 숲 '문학의 뜰' 일대, 아내의 손길이 유난히 많이 가는 옥잠화야말로 모두 오금자 할머니의 그 한 뿌리에서 온 것들이다.

얼레지 꽃

　나는 태백산 팔부 능선 눈밭에서 본 하얀 얼레지 꽃을 오랜 세월이 지난 지금까지 잊지 못하고 있다.

　1991년 4월 말쯤이다. 그날 새벽 태백산으로 오르는 산 등성이는 무릎까지 올라오는 눈으로 덮여 있었다. 더구나 높되(1,566m) 가파르지 아니하고 남성적인 중후함과 어머니 젖가슴 같은 포용하는 자세를 가진 태백산은 고목 주목의 군락지로 살아 천 년 죽어 천 년의 기개로 눈 속에 장관을 이뤘다.

　그리고 주목 아래 자줏빛으로 핀 얼레지 꽃 군락은 영산의 신비로움을 한층 더하게 했다. 길쯤한 두 장의 잎 한 가운데 꽃자루를 키워 사뿐히 피어난 얼레지 꽃은 그 이름만큼이나 모습이 이국적이었다. 실제로 백합과에 속하는 얼레지 꽃은 겨울 꽃으로 인기 있는 시크라멘과 모양새가 비슷했다.

산행에서 얼레지 꽃을 가끔 보긴 했어도 이렇게 눈 속에 지천으로 군락을 이뤄 핀 것을 보기는 처음이어서 와아, 하는 탄사가 저절로 쏟아질 수밖에 없었다.

어? 그때 낯선 것이 눈에 보였다. 딱 한 송이 흰빛 얼레지 꽃. 자줏빛으로 무리지어 핀 숱한 얼레지 꽃 속에 숨은 듯 피어 있는 그 흰빛 얼레지 꽃의 발견은 현실 같지가 않았다.

그로부터 10여 일 뒤 나는 『동아일보』에 꽃 사진과 함께 난 박스 기사를 읽는다. 일본에만 자생하는 흰빛 얼레지 꽃이 우리나라 오대산에서 처음 발견됐다는 기사였다.

내가 태백산에서 흰빛 얼레지를 본 며칠 뒤 그것과 같은 얼레지를 오대산에서 누군가 처음 발견한 것이다.

내가 태백산 눈 속에서 만난 그 흰빛 얼레지 꽃 한 송이는 어느 고결한 영혼의 환생이었는지도 모른다. 그 영혼은 다시 세속의 그의 가슴속에 묻어와 또 다른 환생을 기다리고 있는 것은 아닐는지.

물매화

———

그 이름을 알면서부터 유난히 더 좋아한 꽃이 물매화
다. 한 대궁에 잎이 하나, 그 잎 가운데서 쑥 솟은 딱 하나
의 대궁에 한 송이 꽃이 핀다.

물매화란 이름이 그러하듯 다섯 장의 흰 꽃잎과 수술
이 달린 꽃 모양이 꼭 매화를 닮았다. 습지나 물가에서 잘
자라는 생태로 해서 물매화로 불리는 듯.

물매화의 가짜수술(꽃밥) 다섯 개에 달린 꿀샘은 이슬
처럼 반짝이며 곤충을 유혹한다. 고결 순결이란 꽃말처럼
물매화는 청순하다.

단편소설 「물매화 사랑」에서 물매화가 많이 피는 어느
산골의 꽃밭을 묘사하고 있다.

물매화, 한 줄기에 꽃 하나

　　새벽 비에 젖은 물매화 꽃망울이 금방 터질 듯 탱탱하다.
이러고도 열흘은 더 있어야 꽃이 핀다는 걸 안다. 애타게
기다릴 까닭이 없다. 물매화 말고도 다른 들꽃이 지천이다.
멀리 산자락에 키가 큰 마타리와 벌개미취가 후두둑 빗물
을 털어내고 있다. 물이 질펀한 도랑 가득이 자주색 물봉선
이, 물매화 군락 사이사이에는 홍자색의 기생여뀌와 술패
랭이꽃 한 송이씩이 구색을 갖췄다. 모두 아름답지만 그가
기다린 것은 이것이 아니다.

　　─ 전상국,「물매화 사랑」

「물매화 사랑」, 내가 좋아하는 들꽃 이야기를 하고 싶어 쓴 소설이다. 아니, 우울증에 걸린 작중 화자의 삶의 허망에 대해, 혹은 생의 마지막에 바라보는 아름다움에 대해 이야기하고 싶었을 것이다.

소설「물매화 사랑」의 무대를 덕만이고개 너머 광판리 호반농장으로 했다. 호반농장의 '꽃님이'만큼 물매화를 좋아하는 사람이 또 있을까.

소설「물매화 사랑」에는 호반농장에서 실제로 키우던 말하는 새, 구관조와 짖지 않는 개까지 등장한다. 상상으로 만든 이야기지만 근거 없는 거짓말이 없다는 것 확인하기다.

'꽃님이'가 선물한 물매화 압화(생화를 눌러 말린) 두 점이 우리 집에 있다. 그 압화 속의 마른 꽃송이가 소설 속 주인공이 자기라며 수줍게 웃고 있다.

봄나물, 햇나물, 산나물 들나물, 묵나물

―

내가 강원도에 돌아와 산행에 미쳤던 1980, 1990년대만 해도 산에 오르는 사람들이 드물었다. 그러나 지금은 계절과 상관없이 산에 오르는 사람들로 산이 몸살을 앓는다. 우리나라 사람들의 산행 문화는 1990년대 말 외환위기 때 본격화된다. 등산복, 곧 산행 차림이 우리의 나들이옷이 된 것도 그때부터였을 것이다.

일터를 잃은 사람들이 산속에서 보내는 시간이 많다 보니 산나물이나 약초에 관심이 가게 마련. 그 무렵 산에 들어가 아예 자연인이 된 사람들도 많다. 산속 생활의 즐거움을 터득하면서 세속의 고뇌로부터 벗어나는 결단을 내렸을 것이다.

전원생활의 즐거움 중 으뜸이 봄나물 뜯기요, 그 무침요리 반찬이 아닐까 싶다.

이른 봄 언 땅을 헤집고 올라오는 고들빼기와 냉이 등 뿌리 나물에 달래, 떡쑥, 돌나물, 민들레, 원추리, 홑잎(화살나무 잎), 두릅 등 들풀이나 어린 나뭇잎을 통해 사람들은 겨우내 움츠렸던 몸과 마음에 생기를 얻는다.

어린 시절 시골에서 산나물 뜯기가 일상이었던 아내의 나물 반찬에 나는 늘 엄지손가락을 쳐들어 보인다.

아내는 야산에서 뜯어 데쳐 앞마당에 널어 말린 취나물이나 고사리 등 묵나물은 물론 밭에서 가꾼 야채 등을 여럿이 나눠 먹기를 즐긴다.

조선시대 정학유(1786~1855)가 지은 「농가월령가」 1, 2월령에 나물과 채소 이름이 매우 구체적으로 나온다.

엄파와 미나리를 무엄에 곁들이면 보기에 신신하여 오신채를 부러 하랴. (…) 묵은 산채 삶아내니 육미와 바꿀소냐. (정월령)

산채는 일렀으니 들나물 캐어 먹세. 고들빼기, 씀바귀며 소루쟁이 물쑥이라. 달래김치 냉잇국은 비위를 깨치나니. (이월령)

3월령은 씨뿌리기, 채소 가꾸기 등을 노래했다.

  울 밑에 호박이요, 처맛가에 박 심고, 담 근처에 동아 심어 가자하여 올려보세. 무·배추·아욱·상추·고추·가지·파·마늘을 색색이 분별하여 빈 땅 없이 심어놓고, 갯버들 베어다가 개바자 둘러막아 계견을 방비하면 자연히 무성하리. 외밭은 따로 하여 거름을 많이 하소. 농가의 여름 반찬이 밖에 또 있는가. (삼월령)

  아내는 '문학의 뜰'에 딸린 텃밭이 없어 자택 앞 골짜기의 버려진 남의 땅을 개간해 농사짓는 일을 즐긴다. 아까시나무와 야생 산딸기나무가 우거진 숲을 괭이로 파 개간한 밭에서 골라낸 돌로는 밭 경계와 장마 때 물이 빠질 도랑을 만들었다.

  고추와 서리태, 상추 농사만 조금 하겠다던 처음 시작할 때의 마음이 언제냔 듯 오이·호박·토마토·가지 등 열매 야채에, 감자 캐낸 자리에 참깨·들깨 농사까지 짓는다. 하릴없이 농사꾼이다.

  이런 농사꾼을 아내로 둔 나는 가끔 작물에 물을 준다든가 그네의 밭일 하는 모습을 사진 찍기나 약도 안 주는

데 고추가 잘됐다는 등 추임새 넣는 일로 얼렁뚱땅 넘어 간다.

퇴비 밑거름을 조금 쓸 뿐 농약은 어떤 것도 쓰지 않는, 이른바 완전한 유기농이라 그 결실이 남다를 수밖에 없다. 나는 아내가 햇볕에 말린 깻단을 작대기로 털어 치로 까분 뒤 우드 데크에 널어 말리는 모습도 사진에 담는다. 거둔 수량을 확인하기 위해 저울 눈금을 몇 번씩 확인하는 그 모습도.

밤마다 먹이를 찾아 밭에 내려오는 멧돼지나 고라니로 해서 옥수수와 고구마가 작살나고 콩 줄기가 다 잘려나갈 때마다 그것들과 함께 살고 함께 먹으니 얼마나 좋으냐, 그때의 우리 두 사람 그 눈 맞춤만은 한편이다.

들국화

들국화. 가을에 피는 야생 국화를 통틀어 가리키는 말이다. 곧 국화과에 딸린 여러해살이풀로 가을날 산과 들에 샛노랗게 피는 산국이 그 대표라 하겠다. 산국보다 꽃이 좀 큰 감국이 있고 바닷가의 해국, 제주도나 남해안에 자생하는 갯국도 들국화라고 부른다.

같은 보랏빛 꽃빛을 가지고 있어 그 구별이 쉽지 않은 개미취와 쑥부쟁이도 들국화다. 뭐니 뭐니 해도 들국화의 여왕은 구절초다. 음력 9월 9일 약재로 꺾어 쓴다 하여 붙여진 이름의 구절초는 가는잎구절초, 산구절초, 섬구절초 등 종류도 많지만 그 모두가 산국 등 다른 들국화보다 꽃의 우아함이 단연 앞선다.

'문학의 뜰' 주변 여러 곳에 갖가지 들국화가 함께 피고 있지만 단연 돋보이는 것은 시조 시인 이근구 선생의 농

산국, 들국화의 으뜸이다.

원에서 와 퍼진 예쁜 분홍빛의 백두산 구절초 군락이다.

들꽃은 바라볼 때마다 그 아름다움을 달리한다. 어느 곳에서, 언제 바라보느냐에 따라서 그 아름다움이나 느낌이 다르다는 것이다.

꽃망울에 맺혔던 새벽이슬 한 방울이 떨어지는 그 작은 움직임과 함께 꽃잎이 벌어지는 도라지꽃 그 개화의 환희라니!

꽃범의 꼬리

—

이것 역시 시조 시인 이근구 선생 농원에서 온 것으로 가을 '문학의 뜰'의 주인공이다. 꽃범이란 범이 있으면 하는 바람에서 지어진 이름일 터. '범의 꼬리'란 야생초보다 그 보라색 꽃이 단연 크고 화사하다.

꽃범의 꼬리

해오라비난초

—

꿈에도 만나고 싶다. 해오라비난초의 꽃말이다. 올해도 오랜 기다림, 8월의 궂은 빗속에 백로 날개를 폈다.

해오라비난초, 해오라기가 날아가는 모습의 하얀 꽃이 신비하다. 우리나라 중부지방 일부 습지에 자생하지만 지금은 멸종 위기라 화분 재배를 통한 관상용으로 겨우 전해지고 있다.

우리 집의 해오라비난초는 영산 철쭉 등 분경·분재 전문의 춘천 지촌리 '봄그리농원'을 운영하는 김성수 원장이 씨를 분양해 그 번식이 우리 집까지 이어지고 있다.

해오라비난초

민들레·알프스민들레

한때 토종 민들레를 찾아 꽤 여러 곳을 돌아다닌 적이
있다. 그러나 토종 민들레 만나기가 그리 쉽지 않았다. 깊
은 산골짝은 물론 강원도 인제 점봉산(1,424m) 꼭대기까
지도 밖에서 들어온 서양민들레가 점령했다.

알프스민들레

그래도 흰민들레만은 믿어야 한다. 흰민들레는 모두 토종이니까. 그러나 요즘 흰민들레도 믿을 수 없게 됐다. 토종 민들레인 산민들레에서도 두 겹의 꽃받침이 꽃을 받치며 위로 붙는 토종 민들레와 달리 꽃받침이 밑으로 처지는 것이 발견되었기 때문이다.

이쯤 되면 이제 밖에서 들어온 것과 원래부터 이 땅에 있었던 토종을 굳이 따져 구별할 필요가 있느� 것이다.

이쯤에서 서양민들레도 귀화식물로 묶어 우리의 것이 됐다고 봐도 좋다는 생각이다. 대개의 귀화식물이 그러하듯 실제로 귀화한 민들레가 꽃의 모양이나 색깔이 토종보다 한결 실하고 화려하다. 특히 알프스민들레야말로 꽃때깔이 토종 민들레보다 한결 정연하니 곱다.

그러나 실하고 환한 외래 식물 그 아름다움이 아닌, 토종에서만 찾을 수 있는 소박하고 담백한 그 질감이 잘 오지 않는다는 아쉬움만은 어쩔 수가 없다.

노란 창포

아무리 잘 맞는 부부라도 서로의 생각이 늘 같을 수는 없다. 상대의 생각을 거스르지 않기 위해 아예 이쪽의 다른 생각을 내놓지 않는, 그 배려로 해서 트러블을 최소화할 뿐이다.

그러나 정원을 가꾸는 일로 우리 부부는 가끔 다툰다. 아내의 정원 가꾸기를 주로 지켜보는 처지의 내 쪽에서 시비를 거는 일로 시작된다. '그렇게 하는 것보다 이렇게 하는 것이 좋지 않을까'를 넘어, '그게 뭐야, 차라리 그거 안 하는 게 낫겠다' 이런 식이니 다툼이 생길 수밖에.

잣나무 숲, 그 그늘에 무슨 꽃을 심느냐. 연못이나 습지에 자라는 머위나 창포를 산비탈과 잣나무 숲에 옮겨 심는 아내를 볼 때마다 내가 안 좋은 소리를 했다.

문제는 다툼 이후의 결과가 늘 뻔했다는 것이다. 남들

노란 창포

까지 다 대놓고 말한, 잣나무 숲 그늘에 무슨 화초가 자랄
수 있느냐 그 지적이 맞지 않았던 것이다. 고개를 좌우로
젓던 사람들이 놀란 눈으로 머위와 실하게 큰 창포 앞에
걸음을 멈췄다. 썩 좋은 상태는 아니지만 생각했던 것보
다 괜찮게 자라 여봐란 듯 꽃을 폈던 것이다.

특히 아내는 집 앞 골짜기의 작은 연못이 장마 때 사태
가 나 다 쓸려간 자리에 남아 있던 노란 창포를 '문학의
뜰' 여러 곳에 옮겨 심었다. 그 정성 때문인가, 정원의 이
곳저곳 식물이 잘 자라지 않을 것 같은 그늘진 자리에 아

내가 옮겨 심은 창포가 여기가 내 집이라며 흐드러지게 피었다.

어디 꽃뿐이겠는가. 모든 식물이 햇빛 에너지를 필요로 하듯 살아 있는 모든 것은 함께 살아가는 다른 어떤 것으로부터 받는 사랑의 양에 따라 그 아름다움의 때깔이 다르다.

붓꽃 · 원추리

노란 창포가 필 무렵 '문학의 뜰' 곳곳에 붓꽃이 핀다. 아이리스라는 서양 이름을 가진 붓꽃은 창포와 전혀 다른 것으로 각시붓꽃, 노란무늬붓꽃, 타래붓꽃, 부채붓꽃 등 종류도 다양하다. '기쁜 소식'이란 꽃말처럼 꽃이 피기 전 꼭 붓 끝처럼 뾰족한 꽃봉오리가 앙증맞다.

붓꽃

산에서만 볼 수 있던 원추리가 이제는 마을 가까이 내려와 식용 나물로 또는 관상용으로 많이 퍼졌다. 원추리는 아내가 유달리 좋아하는 꽃으로 산비탈 여러 곳에 자생하고 있다.

옛날 시골에서는 여인들이 원추리를 가까이하면 아들을 낳을 수 있다고 해서 득남초라고도 불렀다.

안녕하세요? 늦은 봄날, 산행에서 만난 원추리 꽃 한송이의 해맑은 목소리가 아직까지 귓속에 남아 있다.

억새와 갈대, 그리고 야고

—

억새는 억새고 갈대는 갈대다. 그 구별이 쉽지 않다는 뜻이다. 같은 볏과로 굳이 그것을 구별해 볼 필요가 없을 정도로 모양이나 분위기가 닮아서다. 실제로 억새와 갈대를 같은 것으로 아는 사람들도 많다. 그 두 가지를 구별하지 않고 그냥 억새라고 부르거나 아니면 갈대라고 부르는 것이 보통이다.

갈대가 주로 습지나 냇가에 자란다면 억새는 산에서 많이 볼 수 있다. 키가 크고 꽃이 보랏빛을 띤 갈색이면 갈대, 꽃이 희고 깔끔해 보이면 억새라고 보면 된다. 가까이가 살필 경우 줄기의 속이 비고 마디가 있으면 갈대다.

'문학의 뜰'에 자생하는 억새 옆에 억새의 변종인 호피무늬억새(얼룩무늬)를 얻어다 심었더니 가을이면 내 키를 훌쩍 넘는 억새 숲이 장관을 이룬다.

호피무늬억새

야고

가을이면 호피무늬억새 뿌리에 기생하는 야고의 낯선 꽃이 눈길을 끈다. 담뱃대더부살이라고도 불리는 야고는 갈대나 사탕수수 뿌리에 기생하며 9월경 줄기에서 나온 긴 꽃자루 끝에 연한 자주색 꽃이 핀다. 그 생김새 때문일까, 야고를 난초꽃으로 알고 있는 이들도 있다.

지난해 아내가 토종 억새 뿌리 밑에 야고 씨를 뿌렸다. 혹시나 했는데 놀랍게도 토종 억새 밑에 야고 꽃이 여러 송이 피었다. 그 사건 하나만으로 우리 부부는 여름부터 가을까지 행복했다.

돌단풍·바위취·바위떡풀

—

    산의 계곡 바위틈이나 바위 곁에 자라는 돌단풍이나 바위취, 바위떡풀은 생명력이 강할 뿐 아니라 산속에서 만나는 그 자잘한 꽃 타래의 청순함으로 해서 조경용으로 많이 퍼졌다.

바위취 꽃

돌단풍, 바위나리라고도 한다. '문학의 집 동행' 안마당 조경석 바위틈에서 잎보다 먼저 꽃망울이 다닥다닥 붙은 꽃줄기부터 쑤욱 올리는 돌단풍은 봄을 가장 먼저 알리는 전령으로 연한 붉은색을 띤 흰색 꽃이 화려하면서도 애잔하다.

바위취와 바위떡풀은 잎이나 꽃이 비슷하지만 그 꽃에서 차이가 난다. 바위취는 위쪽 꽃잎 세 개에 붉은 점무늬가 있지만 바위떡풀은 그것이 없다.

정원의 돌단풍이나 바위취 등은 동산면 새술막에 집터를 닦고 농사를 지을 때 키우던 것들을 옮겨다 심은 것들이다.

기린초

―

　여름날 바위틈의 주인공이야말로 기린초다. 다육질의 잎줄기나 꽃줄기가 기린의 목을 닮아서 그런 이름이 붙여진 것일까. 계곡 바위틈에서 긴 꽃대를 올려 노란 꽃을 피우는 기린초를 만나면 공연히 마음의 여유가 생긴다. 바위틈에서 저런 꽃이 피다니, 군락을 이룬 기린초는 한 번쯤 줄기를 싹둑 잘라주는 용기가 있어야 여름날 더 실한 꽃을 볼 수 있다.

기린초, 바위와 친하다.

바위솔

—

　뭐니 뭐니 해도 아내가 가꾸는 집 안마당 화단의 주인 공은 단연 바위 위에 이끼를 덮어 키우는 바위솔이다.

　바위솔 혹은 와송이라고도 불리는 이 다육식물은 여러 해살이풀로 산지의 바위 겉이나 지붕 위의 습한 기왓장에 서 자란다. 백두산바위솔, 거미줄바위솔, 호랑이발톱바위 솔, 둥근잎바위솔, 난쟁이바위솔, 인제바위솔 등 자생지 가 모두 다르고 모양도 가지각색이라 나는 굳이 종류를 가리지 않고 그 모두를 '바위솔'이라고 부른다.

　바위솔은 습기를 싫어해 장마철에는 발육이 시원찮지 만 외래종 다육식물과 달리 바위 위에서 본래의 모습으로 월동을 하는 그 생명력이 정말 놀랍다.

　오종종 모여 있는 바위솔은 다육질의 잎 모양도 좋지 만 늦은 여름부터 피기 시작하는 꽃은 한 개의 긴 꽃대 둘

바위솔

레에 여러 개의 꽃이 이삭 모양으로 피는 꽃차례라 그것이 활짝 필 때까지 기다리는 재미도 괜찮다. 그러나 꽃이 피고 나면 그대로 죽는 것이 좀 안타깝지만 그해에 떨어진 씨가 발아해 다시 자라는 것으로 위안을 삼을 수밖에.

바위솔 꽃, 그리 곱지는 않지만 그 꽃이 피기를 오래 지켜본 눈에는 실로 장엄하다.

새우초

―

　설날 집에 온 어린 외손녀에게 창가에 만개한 꽃 이름
을 물었다. 꽃이 새우 닮았다는 답이 나왔다. 딩동댕!
　풀인지 나무인지 그것이 매우 애매한, 즉 반목본성의
새우초(새우풀)는 여러해살이로 꽃 모양이 등 굽은 새우

새우초

같다고 하여 그런 이름이 붙었을 것이다.

　몇 년 전 고향의 선배 김종구 화가에게서 한 뿌리 얻어다가 실내에서 키워 여러 집에 나누고 있는 것인데 네 계절 꽃이 지지 않고 핀다. 나름으로 피고 지기를 거듭하고 있지만 보는 사람은 항상 꽃이 피어 있으니 신기할 수밖에.

　새우초는 열대 아메리카에서 들어온 것이라 겨울에 실내에 들여 키워야 하는 번거로움이 있긴 하지만, 이제 우리 꽃이라고 해도 이상하지 않을 정도로 눈에 익다.

귀화식물

　귀화식물이란 여러 원인에 의해 본디 나던 곳에서 다른 곳으로 옮겨져 스스로 자라는 식물을 말함인데, 조선시대 말 개화기 이후에 외국에서 들어온 것을 기준으로 삼고 현재는 110종을 넘어 그 숫자가 급격히 늘고 있다고 한다.

　그러나 코스모스, 달맞이꽃, 개망초, 망초, 토끼풀, 돼지풀, 도깨비바늘 등은 분명 밖에서 들어온 풀이지만 그 모두가 고개를 홰홰 내저으며 우리 꽃이라고 내댄다. 실제로 누가 코스모스나 달맞이꽃을 우리 것이 아니라고 생각할까, 이미 오래전에 들어와 '우리'가 된, 식물계의 다문화 가족인 것을.

　그것이 어디서 온 것인가를 따지기 전에 그것이 우리와 더불어 사는, '우리'라는 생각으로 그것을 바라볼 때라야 그것들이 비로소 제대로의 자기 얼굴을 보여줄 수 있을 것이다.

귀화식물 중 나무로는 아까시나무와 가죽나무가 대표적인데 이것들 또한 '우리 나무'라며 대책 없는 그 번식력을 뽐낸다.

토끼풀, 네잎클로버

—

    귀화식물 하면 가정 먼저 떠오르는 것이 토끼풀(클로버)이다. 누구나 청소년 시절 네잎클로버를 발견한 순간의 그 짜릿한 기억을 잊지 못할 것이다. 어느 날 무심코 펴든 책갈피에서 불쑥 모습을 드러낸 네잎클로버를 바라볼 때 불현듯 떠오른 얼굴 하나도.

    유전적 변종인 네잎클로버는 '단 하나의 예외'가 곧 행운으로 선택받는 경우의 대표적인 예가 될 것이다.

    네잎클로버는 딴따단 세 박자 리듬으로 훑어보던 풀밭에서의 그 리듬 깨기, 낯선 것, 새로운 것과의 만남이다.

    나는 몇 년 전 서가에 꽂힌 『문학원론』(최재서 지음, 춘조사, 1957) 책갈피에 들어 있는 네잎클로버를 발견했다. 색깔도 선명하고 모양도 거의 온전한 상태였다. 대학 1학년 때 배웠던 기억의 『문학원론』, 그 네잎클로버가 들어 있

토끼풀

던 69페이지 내용이다.

콜리지의 천재론, "문학은 개성의 표현, 문학은 한 예술일진대 그 형식에 있어서나 내용에 있어서 다른 작품에서 볼 수 없는 특이한 그 무엇을 가져야 한다"라는, 예술의 원천적 가치가 개성에 있음을 강조하고 있다.

개성, ㅎㅎ, 개 같은 성질? 그래 좀 별난, 새로운 것.

대학 시절 나는 크리에이티브가 미학, 혹은 예술의 엑기스라고 믿고 받들었다. 널려 있는 것, 빤한 것, 멜로, 그렇고 그런, 상투적인 것은 결코 예술이 아니라고 머리를 내저었다.

감상 체질인 나 자신의 엷은 감상막을 감추기 위해서

도 낯설게 보여주기, 그 부정의 미학이 필요했을 터. 그즈음 윌리엄 포크너와 제임스 조이스의 소설을 읽고 있었을 것이다.

좋은 글은 좋은 생각에서, 좋은 생각이란 남들이 생각하지 못한 생각, 벽에 구멍 뚫기, 눈으로 듣기, 보이지 않는 것 만지기, 그리고 표현이 새롭고 낯설어야.

이런 따위의 글귀를 노트에 끄적이던 어느 날 경희대학교 캠퍼스 '임간교실' 잔디밭을 점령한 클로버 밭에서 그 네잎클로버를 발견했을 것이다. 가끔 죽음을 염탐하던 염인증의, 젊은 내게 그 네잎클로버는 출구로서의 행운 찾기였는지도 모른다.

해바라기 · 달맞이꽃 · 분홍낮달맞이꽃

———

해가 뜨는 방향을 향해 핀다는 해바라기. 달이 뜨는 밤에 만개하는 달맞이꽃. 생태를 살펴 감히 천체의 이름을 따다 붙인 그 꽃 이름이 정말 놀랍다. 해, 바라기·달, 맞이 ― 이렇게 절묘한 순우리말 이름을 얻는 순간, 그들은 자신들이 아메리카 원산 귀화식물임을 일찌감치 포기했을 것이다.

낮달을 보기 위해 낮에 피는 분홍낮달맞이꽃, 자태가 요염하다. 꽃말, 무언의 사랑.

해바라기

달맞이꽃

분홍낮달맞이꽃

자연은 신의 예술

예로부터 사람들은 자연을 가까이하면서 스스로 그러함을 깨닫고 누리는 일을 삶의 가장 높은 가치로 삼았다. 감성이 넘치는 이들은 자연에서 영감을 얻고 자연 생태를 통해 사람 사는 지혜를 터득한 뒤 그 느낌과 생각을 글로 아름답게 그려내는 일을 즐겼다.

특히 시인들은 자연과의 교감을 모티브로 하여 인생살이 혹은 문명사회의 고달픈 생활을 시로 노래했다.

우리나라 문학작품 중 자연을 노래한 최초의 작품이라고 할 수 있는, 작자를 알 수 없는 고려가요 「청산별곡」은 그 옛날부터도 사람들이 힘든 세상살이를 떠나 자연에 묻혀 사는 즐거움을 노래했다는 것을 보여주는 작품이다.

살어리 살어리랏다 / 청산애 살어리랏다 / 멀위랑 다래랑
먹고 / 청산애 살어리랏다 / (후렴) 얄리얄리 얄랑셩 얄라리
얄라 // 우러라 우러라 새여 / 자고 니러 우러라 새여 / 널라
와 시름 한 나도 / 자고 니러 우니노라

조선시대 정극인(1401~1481)의 가사 작품 「상춘곡」도
그가 고향에 돌아와 자연에 묻혀 살 때 지은 것으로, 그 앞
부분만 보더라도 속세를 떠나 자연에 몰입하여 봄을 완상
하면서 인생을 즐기는 모습이 잘 그려졌다.

홍진에 뭇친 분네 이내 생애 엇더한고 / 넷사람 풍류를
미칠가 못 미칠가 / 천지간 남자 몸이 날만한 이 하건마는
/ 산림에 뭇쳐 이셔 지락을 마랄 것가 / 수간모옥을 벽계수
앏픠 두고 / 송죽 울울리예 풍월주인되어셔라 / 엊그제 겨
을 지나 새봄이 도라오니 / 도화행화는 석양리예 퓌여 잇고
/ 녹양방초는 세우 중에 프르도다

우리나라 시 속에 나무 등 자연을 소재로 한 작품을 가
장 많이 쓴 시인으로 안서 김억과 박두진, 신석정, 노천명,
정지용, 김춘수, 신석초, 서정주, 유치환 순으로 나와 있는

통계자료가 있다.

그들 이후의 시인으로 나는 산 타기를 좋아하던 내 대학 동창 이성부(1942~2012) 시인의 산에 관한 시 몇 구절을 산에 오를 때마다 입 속에 굴렸다.

더 높이 오르려는 뜻은
맑게 눈 씻어
더 멀리를 바라보기 위함이다
멀리 첩첩 산굽이에서라야
나는 내가 잘 보인다
— 이성부,「산 1」

「메밀꽃 필 무렵」의 작가 이효석(1907~1942)의 향토색 짙은 몇 작품이야말로 그가 강원도 평창 출신 작가라는 것을 그 자연 묘사 하나로도 여실히 드러난다.

… 나무하던 손을 쉬고 중실은 발밑의 깨금나무 포기를 들쳤다. 지천으로 떨어지는 깨금알이 손 안에 오르르 들었다. 익을 대로 익은 제철의 열매가 어금니 사이에서 오도독

두 쪽으로 갈라졌다.

 돌을 집어 던지면 깨금알같이 오도독 깨어질 듯한 맑은 하늘, 물고기 등같이 푸르다.

 — 이효석, 「산」, 『삼천리』, 1936

 만 스물아홉 살에 요절한 「봄·봄」, 「동백꽃」의 작가 김유정(1908~1937)의 생동감 있는 시골 자연 묘사야말로 압권이다.

 ── 담배 먹구 꼴 비어!

 마진 쪽 저 바위 밑은 필시 호랑님의 드나드는 굴이리라. 음침한 그 우에는 가시덤불 다래덩쿨이 어즈러히 엉클리어 집웅이 되어 있고 이것도 돌이랄지 연녹색 털북송이는 올망졸망 놓였고 그러고 오늘두 어김없이 뻐꾹이는 날아와 그 잔등에 다리를 머므르며.

 ── 뻐꾹! 뻐국! 뻑뻑국!

 — 김유정, 「산골」, 『조선문단』, 1935

 나는 오래전 독일 바이마르의 구수도, 온 마을이 공원이었던 그 작은 마을에서 바라본 괴테(1749~1832)와 실러

(1759~1805)의 동상을 오래 잊지 못했다.

괴테가 시성으로 불리는 것은 그의 무궁무진한 학문적 넓이와 깊이에 식물학자로서의 자연 교감과 성찰에서 얻은 자연의 신비, 그 영적 체험과도 무관하지 않다는 것을 동상이 있는 마을을 돌아보며 생각했던 것이다.

작은 시골 마을의 봄과 가을 풍경을 배경으로 펼쳐지는「젊은 베르테르의 슬픔」을 통해서도 괴테의 자연 친화적 문학관을 엿볼 수 있다.

예로부터 문인들은 나무가 우거진 숲을 거닐며 작품 구상은 물론 쓰고자 하는 이야기에 반드시 필요한 영감을 얻고자 했다. 특히 자연을 통해 얻은 오묘한 섭리를 삶의 여러 형태와 대비시키는 일로 글쓰기의 즐거움을 찾았을 것이다.

작가들은 더 구체적인 방법으로 소설 속에 자연을 담았다. 소설 속 자연은 그 작품의 배경이 되기도, 이야기 전개의 복선이 되기도, 등장인물들의 심리 흐름의 중요한 단서 역할을 하기도 한다. 또한 자연 묘사는 작품의 향토색 그 디테일 보여주기에 가장 효과적이다.

신명, 아는 척 뽐내기

자연 이야기를 하는 사람들을 보면 대체로 신명이 넘쳐난다. 당신들 이거 몰랐지, 이거 이렇게 아름다운 거. 이렇게 대단한 자연의 이치를 알고 있다는 자족의 뽐냄이다.

자연에 대해서 내가 이만큼 알고 있지 않느냐. 그러니 이제부터 내가 하는 모든 이야기를 믿고 들으라는 식이다. 그것은 자신이 하는 이야기를 잘 듣게 하기 위한 이야기꾼으로서의 전략일 수도.

특히 글쓰기를 전문으로 하는 이들이 독자를 사로잡기 위한 전략으로 이 전문성 보여주기에 신명을 낸다. 그러할 때 작가로서의 전문성은 곧 낯설게 하기, 새로운 세계, 혹은 절실함 보여주기와 같은 것으로 생각할 수 있다.

또한 생각이나 느낌이 뼈저리게 세찬 그 어떤 마음의

긴장 상태 보여주기를 통해 독자들을 사로잡기도 한다.

　나는 한때 내가 쓰는 모든 작품 속에 열 살 전후 때 각인된, 6·25 적 비극 한 토막을 그려 넣는 일로 글 쓰는 즐거움을 찾았다. 분단 시대, 분단 문제를 주로 다룬 작가로서의 강박일 수도 있겠지만 지금 쓰고 있는 그 이야기를 좀 더 절실하게 보여주기 위한 수사적 전략 같은 것이었다. 히치콕이 자기가 만든 영화에 어떤 식으로든 얼굴을 내미는 그런 재미 같은 것일 수도.

　나의 글쓰기의 또 다른 신명은 내가 쓰는 모든 작품 속에 들꽃이나 나무 등 자연을 그려 넣는 일이다. 그것은 그 작품 속 자연 묘사가 작품의 완성도 혹은 형상화에 효과적일 수 있다는 작가로서의 믿음 같은 것이다. 곧 작가의 이러한 자연 친화적 태도를 통해 독자들이 그 이야기 내용이나 등장인물들을 이해하는 데 도움이 될 수 있다는 기대일 것이다.

　어쩌면 이 두 가지 전문성 살리기의 즐거움이 한 작품 속에서 동시적으로 나타나는 경우도 있었을 것이다.

　내가 쓴 중·단편소설「맥」,「하늘 아래 그 자리」,「추억의 눈」,「외등」,「아베의 가족」,「지빠귀 둥지 속의 뻐꾸기」,「형벌의 집」,「소양강 처녀」,「꾀꼬리 편지」,「물매화 사랑」,「남이섬」,「지뢰밭」,「굿」등이 주로 나의 유년 체험, 그 각인이 깊었던 강원도의 산천 마을이나 소도시를 배경으로 하고 있음을 통해서도 그것을 확인할 수 있다.

장편소설『불타는 산』,『길』,『유정의 사랑』등도 대체로 나의 유년 체험과 자연 묘사를 글쓰기의 즐거움으로 삼았다고 봐도 좋을 것이다.

잃어버린 고향, 부권 상실의 시대

—

내가 쓴 소설 속에 자연이 묘사된 작품은 주로 분단 상황과 관련된 상처와 아픔, 그리고 그 치유를 줄거리로 하는 것들이 대부분이다. 어린 시절 자연 속에서 각인된 기억과도 무관하지 않다는 것이다.

우리의 전쟁이, 특히 내가 어린 시절 겪은 분단이 그랬다. 시골에서 태어나고 자란, 그 고향의 상실, 아름다웠던 것들의 파괴, 우리의 전통적 미덕의 무너짐, 뒤집힌 질서, 이런 것들을 이데올로기로 무장한 정치꾼들의 몰염치 — 이 모든 것의 현재 진행형이 바로 우리의 어제와 오늘이라는, 작가로서의 현실 인식에서 단초를 찾을 수도 있겠다.

정치가가 없고 정치꾼만 있는, 부권 상실의 시대, 불신과 증오를 무기로 한 편 가르기, 가해와 피해의 악순환, 나날이 비대해지는 도시 공간 속에서 벌어지는 비인간적 너무나 비인간적인….

이 모두가 자연을 잃었거나 버린 데서 비롯됐다고 본 것이다. 꽃이 펴도 꽃을 못 보고 나무가 있어도 나무 그늘에서 쉴 줄을 모른 채 안절부절, 사는 일이 그렇게 버거울 수밖에.

그리하여 나는 내가 쓰는 모든 작품 속에 자연으로부터 버림받은 사람들의 삶을 그려냄으로써 그네들이 자연으로부터 구원받는 길을 암시하고자 했다.

내 작품 속 자연은 사라진 것의 복원, 훼손된 가치에 대한 인간적, 아니 아주 감상적 하소연이라고 할 수 있다. 우리 모두 자연의 그러함, 그러하게 살아야 한다는 긴절한 바람이라고 할 수 있다.

「동행」이 그러했듯, 분단을 소재로 한 소설 속 인물들은 대부분 고향으로 돌아가는 이야기로 시작된다.

고향이란 무엇인가, 산과 물, 그리고 그것을 생활 터전으로 하고 있는 사람들이 살고 있는 곳이다. 삶의 그 발생적인 원형인 고향에 돌아가면서 비로소 불화했던 아버지와 만나게 되고 일부러 보지 않기로 했던 현실과 만나게 되는 것이다. 그리하여 고향은 사라진 것, 바뀐 것의 원형, 그 본래의 것을 볼 수 있는 자연으로의 귀의라는 것이다.

더 나아가 내 작품 속에 그려지는 고향은 공간 개념을 넘어 뿌리 찾기, 그 뿌리가 어찌하여 이 지경이 되었는가, 그렇다면 이제 어떻게 해야 하는가를 생각해야 하는 작가로서의 현실 인식, 혹은 그 출구 찾기라고 해도 좋을 것이다.

3

꽃·열매·노을

분신, 아니 그 전부

―

직접 심고 가꾼 나무에 대한 사랑을 내가 쓴 소설에 비견할 일은 아니지만 나는 내 주변에 있는 나무들을 바라볼 때마다 숙연해진다. 그것은 내가 쓴 소설에 대한 집착, 그 미적 가치 구현의 성취감을 넘어서는 어떤 초월적 신비감으로 해서다. 자연 혹은 생명체에 대한 경외 그 이상의 어떤 것.

완성도 높은 예술 작품이 그렇지 않은가. 그것은 신명에 취해 만든 자기 작품을 남들이 그렇게 감동의 눈으로 봐줬으면 하는 바람이기도 하다.

나는 '문학의 뜰' 안에 있는 모든 나무들을 바라보듯 내가 쓴 모든 소설들을 귀하게 다독인다. 그것은 내가 쓴 문학작품들이 내 가까이 있는 모든 나무들처럼 무성한 가지를 뻗어 오래오래 살아 있기를 바라는 마음과 다르지 않을 터이다.

자택 '문학의 집 동행' 앞쪽에 새로 조성한 공간을 굳이 '전상국 문학의 뜰'이라고 한 것도 내가 써서 남긴 작품들이 정원의 나무들과 동격으로 함께하고 있다는 것, 그런 뜻을 담고 싶었음이다.

헤르만 헤세의 나무 사랑

독일의 헤르만 헤세(1877~1962)만큼 자연이 주는 감동을 글과 그림으로 잘 그려낸 사람도 드물 것이다.

헤세의 『나무들』은 33편의 에세이와 여러 편의 시가 들어 있는 책으로 구절구절 헤세의 자연 사랑, 나무에 대한 찬미로 넘친다.

나무들은 성스럽다. 나무에 귀 기울이고 나무와 이야기를 나눌 줄 아는 사람은 진실을 체험한다. 나무들은 무슨 교훈을 설교한다거나 처방을 내린다든가 하지 않는다. 나무는 개별적인 일에는 무관심하지만 삶의 근원적인 법칙을 알려준다.

한 그루의 나무가 이렇게 이야기한다.

"내 안에는 핵심이, 하나의 불꽃이, 하나의 생각이 숨겨져 있다. 나는 영원한 생명을 지니고 있다. 영원한 자연의 어머니는 나와 더불어 전례가 없던 일을 시도한다. 내 모습과 내 피부 밑에 흐르는 혈관은 다른 어디서도 찾아볼 수 없는 유일한 것이다. 내 우듬지에 매달린 가장 작은 잎사귀가 벌이는 유희, 내 가지에 난 아주 작은 상처조차 유일한 것이다. 내 사명은 바로 그런 일회적인 것 속에서 영원의 모습을 보여주는 것이다."

그래, 나무가 보여주는 그 일회적인 것을 통해서 우리가 깨닫는 것이 바로 '영원의 모습'이 아니겠는가. 그 시간의 짧고 긴 것과는 상관없이 우리가 생명으로 존재한다는 그 자체가 영원의 모습이라는 것이다.

나무 아래 시인

이 시간 헤르만 헤세는 너무 멀다. 헤세보다 한결 가까운 사람의 나무 사랑 이야기를 하자. 헤세처럼 이 세상에 한 그루 나무로 살다가 먼저 간 최명길(1940~2014) 시인의 「나무 아래 시인」이란 시의 마지막 구절을 옮겨본다.

> 나무 아래 앉기만 해도
> 그 사람은 시인이다
> 시를 안 써도 시인이다

그 아래 앉기만 해도 시인이 되는 나무는 어떤 나무일까. 어떤 나무가 아니라 모든 나무가 그렇다는 것일 터.
아, 나무 아래 앉기만 해도 시인이 되는 '그 사람'은 어떤 사람일까.

이 시간 '그 사람'처럼 바라보기만 해도 마음이 벅차던, '문학의 뜰'에 있는 나무들에 대해 이야기하고 싶은 충동에 휩싸인다.

소설을 쓰던 그런 신명으로 자연의, 아니 신의 예술인 나무들 이야기를 하고 싶은 것이다. 나무 아래에 설 때마다 겸허해지던, 그 공경과 두려움의 정체에 대해, 같은 동산에서 함께 살고 있는 불가사의한, 그 이상야릇한 만남의 인연에 대해서도.

백당나무

가짜 꽃도 꽃이다.

진짜 꽃과 가짜 꽃이 함께 피는 나무가 있다. 생식을 가
능케 하는 암술과 수술을 가졌으면 유성화, 그것이 퇴화
해 씨가 생길 수 없는 것이면 무성화, 곧 가짜 꽃이다.

백당나무

백당나무는 납작한 원판에 생식 능력이 있는 유성화를 가운데 두고 그 언저리에 무성화, 즉 장식 꽃을 달아 곤충을 유인한다. 꽃이 작고 보잘것없는 유성화로 곤충을 유인하기 위한 한결 크고 아름다운 무성화, 곧 가짜 꽃이 필요한 것이다. 오직 종자 번식을 위한.

백당나무는 초여름에 피는 흰빛 꽃도 좋지만 가을날 꽃의 암술과 수술이 어울려 만든, 작은 버찌 크기의 땡글땡글한 붉은 열매로 해서 새들에게 인기가 높다.

백당나무의 붉은 열매, 그 열매를 위한 가짜 꽃이 있었다는 사실을 잊지 않기를.

불두화

—

같은 자식인데 저 놈은 왜 저래? 생긴 것도 성질도 영 딴 판이라니까.

멘델의 유전 원리를 깬, 형질이 다른 생식세포의 발견, 이러한 돌연변이도 생물의 진화 과정에 나타나는 '새것, 새로움'일 것이다.

백당나무의 돌연변이가 불두화(수국백당)다. 요즘은 그 돌연변이로 번식한 불두화가 정원수로 널리 자리를 잡았다.

공처럼 둥근 형태의 꽃 모양이 부처님의 머리를 닮았다 하여 불두화란 이름이 주어졌을 듯. 또 수술만 있고 암술이 없는 중성꽃인 그 상징성으로 하여 절간마다 불두화가 많이 심어졌을 터이다.

실제로 불두화는 생식 능력이 없어 순백의 꽃만 풍성

불두화

하고 아름다울 뿐 가을이 돼도 열매를 맺지 못한다.

　'문학의 뜰' 여러 곳에 불두화가 떼로 모여 핀다. 아내가
아랫마을 '유정식당' 앞뜰에 있는 불두화 가지 몇 개를 잘
라 꺾꽂이한 것들이 그렇게 많이 퍼진 것이다.

수국

—

　수국과 나무수국은 같은 떨기나무지만 그 형태가 조금 다르다.

　수국은 겨울에 나무 윗가지가 죽은 뒤 봄에 새것이 나오는 것이고, 나무수국은 나뭇가지 모두가 그대로 월동을 한다. 굳이 비교하자면 수국에 비해 나무수국의 목질이 한결 나무답다.

　아무튼 수국은 물을 좋아한다. 여북하면 물국화라 할까. 수국이 그처럼 가뭄을 심하게 타는 것은 그 많은 줄기의 잎이나 거의 어른 손바닥만 한 크기로 한꺼번에 여러 개가 피는 꽃송이를 위해서도 어쩔 수 없을 것이다.

　수국도 암술이 퇴화돼 불두화처럼 생식 능력이 없는 중성꽃만 피기 때문에 열매를 맺지 못한다. 열매를 못 맺는 대신 가지가 힘겨울 정도로 커다란 꽃을 여러 송이 매

수국

달아 관상 원예식물로는 이만한 것이 없다.

꽃의 빛깔도 연한 보라색에서 푸른색으로, 다시 연분홍 등으로, 품종에 따라, 혹은 꽃이 피는 시기에 따라 그 색깔을 달리해 보는 재미가 유별나다. 여북하면 꽃말이 변심, 변덕일까.

처음부터 밝은 자줏빛으로 피는, 좀 색다른 수국이 우

리 집 안마당의 주인공 역할을 하고 있다. 홍천에서 얻어다 꺾꽂이 번식을 한 것들이다.

수국은 아내와 내가 가장 공을 들이는 나무기도 하다. 노지에서도 월동을 하지만 그 윗부분이 겨울에 모두 죽기 때문에 온실에 들여놓았다가 봄에 꽃송이가 올라올 무렵 밖에 내다 놓는다. 그래야 꽃을 제대로 볼 수 있기 때문이다.

수국의 중성꽃, 그러나 장식화도 꽃이다.

나무수국

—

수국과 불두화에 비해 목질이 강해 나무수국이라 불릴 터이다. 꽃이 불두화와 많이 닮았다. 그러나 그 잎이 삼면이 갈라지는 불두화와 달리 나무수국은 보통 수국처럼 깻잎 형태를 하고 있다.

'문학의 뜰'에는 세 그루의 나무수국이 있는데 처음 연두색이었던 꽃이 차츰 흰 빛깔로 바뀌어가는 과정이 경이롭다. 꽃은 다음 해 봄, 잎이 돋기 전까지, 빛은 바랬지만 원래의 그 형태를 유지하고 있다.

올해 '문학의 뜰'에서 가장 눈길이 오래 머문 것은 애너벨Hydrangea arborescens 'Annabelle'이란 학명을 가진 나무수국이다. 충청도에서 화목원을 크게 하고 있는 신봉환 건축 디자이너가 심상만 사진작가와 함께 지난해 우리 집에 다녀간 뒤 성냥개비만 한 것을 포토화분에 담아 보낸 것인데,

나무수국, 8월 중순

올봄에 그린으로 시작해 화이트로 피어난 커다란 꽃송이들이 단연 돋보인다. 애너벨은 혹한에서도 잘 견딘다고. 앞으로 '문학의 뜰' 여러 곳에서 꺾꽂이로 번식한, 애너벨, 그 순백의 황홀한 꽃을 많이 볼 수 있을 것이다.

무성화와 양성화가 한 꽃차례에 달린다.

산수국

—

식물은 자라는 장소와 환경에 따라 모습이나 생태가 달라져 그 이름까지도 거기에 맞춰 달리 짓는다.

산수국은 원래 산골짝이나 돌밭에 자생하는 나무지만, 지금은 원예 품종으로 개량돼 전원주택 정원석 바위틈에 많이 심는다. 한여름 청남색 꽃이 백당나무 꼴로 핀다. 꽃 중심에 유성화가 피고, 그 가장자리에 가짜 꽃을 피워 곤충을 끌어들인다. 그런 면에서 생식을 전혀 못하는 불두화나 수국에 비해 가을이면 거꿀달걀꼴의 붉은 열매를 맺어 새들을 유인한다.

더위나 추위에 강해서인가 그 꽃이 수국 종류 중에서는 가장 야성적이다.

산수국

미선나무

천연기념물. 그것이 가진 희귀성·고유성·심미성에 따라 법적으로 특별한 보호를 받고 있는 개체 창조물이나 특이 현상을 이르는 말이다.

미선나무는 우리나라에서만 자생하는 고유종으로 충

미선나무 열매

청도와 전라도의 특산 천연기념물로 지정돼 있다. 꽃이 진 뒤 맺히는 열매가 부채처럼 생겼다 하여 미선尾扇이란 이름이 주어진 듯. 꽃은 분홍 등 몇 가지 빛깔이 있지만 '문학의 뜰'에는 흰 꽃 미선나무가 엷은 향을 내며 피고 있다.

노란 동백나무(생강나무)가 그러하듯 산수유, 개나리, 진달래는 모두 잎이 나오기 전에 꽃이 핀다. 개나리가 필 무렵 개나리꽃 비슷한 꽃이 미선나무 가지에 다닥다닥 핀다.

미선나무는 금병산 자락에 집을 지을 무렵 안성에 사는 김유신 시인의 '청류재수목문학관'에서 몇 뿌리를 얻어온 것들이다.

그 무렵 서너 그루의 용송과 누운향나무도 함께 옮겨와 '문학의 뜰' 가족이 됐다.

구상나무

　구상나무는 미선나무처럼 우리나라에만 있는 '우리 나무'지만 지금은 여러 나라로 분포돼 그 개량종이 크리스마스트리 등으로 많이 쓰여 인기가 매우 높다.

　구상나무, 전나무, 분비나무는 같은 소나무과 전나무속이지만 그 구별이 쉽지 않다. 그러나 잎끝이나 잎 뒷면을 살펴 그 다름을 가릴 수 있다.

　한라산이나 지리산 고지대에서만 자라던 구상나무 묘목을 1970년대 초반 중부 이북인 춘천 지역에 처음 심기 시작한 곳이 춘천 원창고개 밑 이원사슴목장이다.

　'문학의 집 동행' 주차장에 서 있는 두 그루의 구상나무도 이원사슴목장 대표가 함섭 화가와 작가 전상국의 금병산예술촌 입주를 기념해 보내온 것들이다.

노각나무

나는 유달리 노각나무를 좋아한다.

노각나무는 모과나무, 배롱나무와 같이 껍질이 벗겨져 홍황색 얼룩무늬가 아름답게 드러나 있어 비단나무라고 한다. 얼핏 보면 나무껍질이 갓 돋아난 사슴뿔과 같아 노

노각나무 꽃

각(녹각)이란 이름이 붙여진 듯.

노각나무 꽃이 아름답다. 딱 하루만 피었다가 저녁에
툭 떨어지기 때문에 더 아름다운 것인지도 모른다.

딱 하루. 그렇게 매정하다. 초여름, 꽤 여러 날 망울로
버틴 흰 꽃봉오리가 아침에 환하게 꽃으로 터져 딱 하루
를 피고 저녁에 떨어진다. 터질 듯 희끗희끗한 꽃망울을
십여 일 매달고 있을 때가 노각나무의 생애 그 절정이다.

꽃의 생김새 때문일까, 일본 동백이라 불리기도 한다.

이팝나무, 이밥

———

5, 6월 사이, 봄이 지나고 이제 막 여름으로 들어서는 입하 절기에 이팝나무 꽃이 핀다. 요즘 가로수로 많이 보게 되는 이팝나무는 그 꽃이 실하게 펴야 풍년이 든다는 말이 있듯, 풍년이면, 이밥에 쇠고기 국! 가난하던 시절 하얀 쌀밥에 기름이 둥둥 뜬 쇠고기 국 한 그릇을 먹는 것이 가장 큰 꿈이었을 것이다.

이팝나무. 절기의 그 입하가 이팝으로, 혹은 이밥이 이팝으로, 이러쿵저러쿵 생긴 나무 이름이라 이런저런 전설도 전해진다.

이밥(흰쌀밥)으로 올린 제삿밥을 몰래 먹은 며느리가 시어머니 구박으로 죽은 뒤 그 무덤에서 이밥 같은 흰 꽃이 다닥다닥 피었다는 이야기에, 눈이 먼 어머니가 그렇게 먹고 싶어 하는 흰 쌀밥을 해드릴 수가 없어 그 자식이 잡

225

이팝나무 꽃

곡밥 위에 이팝나무 꽃을 한 줌 얹어 올렸더니 그 밥을 맛있게 잡수더란 이야기까지. 그리 멀지 않은 그 시절, 우리네의 가난에 대해 생각한다.

5월, 이팝나무 꽃이 한창일 때 아까시나무, 고광나무, 산딸나무, 조금 늦게 말발도리 등이 너도나도 앞다투어 흰 꽃 축제를 벌인다.

조팝나무

―

진달래와 개나리가 필 무렵, 연분홍 진달래와 샛노란 개나리꽃을 압도하는 흰 꽃이 '문학의 뜰' 여기저기 흐드러지게 핀다. 조팝나무 꽃이다. 조팝, 꽃이 만발한 모양이 마치 튀긴 좁쌀을 다닥다닥 붙여놓은 것처럼 보인다고 해서 붙여진 이름일 터.

집 주변에는 아내가 집 앞 구릉지 묵밭에서 캐다가 심은 조팝나무가 무더기무더기 울타리를 이뤄 핀다. 흰 빛깔에 향까지 있어 봄바람과 희롱하는, 우산살 모양의 긴 꽃 타래가 간드러지게 아름답다.

조팝꽃이 다 진 얼마 뒤 분홍색의 꼬리조팝이 핀다. 조팝나무는 종류도 많아 주로 산과 바위 지대에 자라는 산조팝에다 요즘은 공조팝, 참조팝, 당조팝, 붉은조팝 등이 관상용 정원수로 인기가 높다.

조팝나무 꽃

메타세쿼이아

메타세쿼이아 10여 그루가 '문학의 뜰' 잣나무 숲 한쪽에서 키 자랑을 하고 있다. 고목 잣나무 여러 그루가 이유도 모르게 죽은 그 빈자리가 허전해 김희목 시인이 20여 년 전에 심은 메타세쿼이아는 여름날 해만 잘 받으면 적갈색의 가을 단풍이 장관이다.

북미 대륙에서 흔히 볼 수 있는 무지스럽게 키가 큰 세쿼이아와 다른 종류의 나무이긴 해도, 메타세쿼이아도 살아 있는 나무 화석이란 말을 들을 정도로 나무의 위용이 대단하다.

강원대학교 인문대학 뒤뜰의, 내가 20년 넘게 쓰던 연구실 창 밑의 메타세쿼이아 그 드높던 나무 우듬지가 눈에 선하다.

중편소설 「남이섬」에도 춘천 땅 남이섬의 한류 관광 발신지 메타세쿼이아길이 나온다.

　　남이섬의 가을은 도열한 나무들의 단풍축제 기간이다.
은행나무와 메타세쿼이아 나무의 단풍 밑에서 사람들은 어
쩔 줄 모른다.

메타세쿼이아

엄나무, 음나무 혹은 개두릅

—

집 대문 옆에 엄나무를 심어두거나 문설주에 가시 많은 가지를 걸어두면 귀신이 들어오지 못한다고 했다. 특히 저승사자가 검은 도포를 입고 찾아왔을 때 그 도포자락이 엄나무 가지 그 험상궂은 가시에 찢어질 것이 겁나 그냥 돌아간다는 얘기까지.

개두릅, 엄나무 순의 다른 이름이다. 봄날 엄나무 가지 끝에서 불쑥 돋아나는 굵은 새싹의 쌉싸래하면서 들큼한 개두릅은 두릅나무의 그것보다 훨씬 더 맛있다. 맛을 제대로 아는 사람들은 나무순이 트는 봄날 엄나무를 쳐다보면서 막걸리 술상에는 개두릅 무침 안주가 최고라며 입맛을 다신다.

봄철 개두릅 순을 마구잡이로 잘라가는 손길을 막기 위함일 듯 엄나무 어린 가지에는 가시가 많다. 그러나 나

엄나무

무 굵기가 커지면서 그 가시도 차츰 사라진다.

'문학의 뜰' 잣나무 숲에 있는 고목 엄나무 두 그루 말고도 정원 여러 곳에 씨로 번식한 엄나무가 많이 자생하고 있다.

우리나라 산 어디에서나 잘 자라는 엄나무는 그 껍질 등 한방의 약재나 닭백숙에 쓰기 위해 무분별하게 잘라 가지만 않으면 키 자람이 좋아 높이 30미터 가까운 거목으로 자랄 수 있다.

엄나무는 더위가 한창인 6, 7월에 가지 끝에 한 뼘 정도의 커다란 꽃차례에 연노랑 꽃이 무리를 이루어 펴 장관을 이룬다.

조선시대 약천 남구만(1629~1711)의 시에도 엄나무 꽃을 다룬 구절이 보인다.

엄나무 지는 꽃잎 뜰에 가득 쌓였네.

만병초

만병초, 풀이 아니라 나무다. 나무 이름에 풀 초草 자가 들어가는 것으로 골담초, 죽절초, 인동초 등이 있어 풀로 오해할 수 있지만 그것들 모두 풀과는 닮은 데가 없다.

'문학의 뜰'에, 아니 이 지역에 딱 한 그루.

마리아상 바로 옆 늙은 잣나무 밑에 자라고 있는 만병초 한 그루는 고인이 된 내 고교 동창이 새끼손가락만 한 묘목을 들고 와 심은 것인데, 큰 나무 밑의 그늘 때문인가 제대로 자라지 못해 주변의 나무들에 비해 볼품은 별로다.

그러나 몇 년 전부터 꽃이 피기 시작한 만병초를 볼 때면 마음이 좀 그렇다. 사람 좋고 술 좋아하던 생물학자 조동현 교수가 자신이 심고 간 그 만병초 꽃으로 환생하고 있다는 느낌 때문이다.

만병초 꽃

　신기하게도 진달랫과에 속한 만병초는 우리나라 태백산이나 지리산 등 고산지대 중턱 계곡에 자생하는 멸종 위기의 희귀식물로, 두툼한 나뭇잎이며 엷은 홍색의 꽃 모양까지 매우 이국적이어서 사람들의 눈길을 더 끈다.

　내가 만병초를 처음 본 것은 1980년대 정선 가리왕산 산행 때 길을 잘못 들어 헤맬 때였다. 처음 보는 나무가 희한한 꽃을 달고 있어 길 찾는 일도 잊고 그 나무 곁에 오래 머물던 기억이 새롭다.

　만병초는 두껍고 넓은 잎을 동그랗게 말아 겨울 추위

를 이기는 늘푸른나무로 그 모습이 정말 장엄하기까지 하다. 나무에 대한 헤세의 또 다른 말이 하나 생각난다.

아름답고 강인한 나무보다 더 성스럽고 더 모범이 되는 것은 없다.

목련

—

　　오 내 사랑 목련화야 그대 내 사랑 목련화야

　　희고 순결한 그대 모습 봄에 온 가인과 같고

　〈목련화〉. 경희대학교 설립자인 조영식 작사, 김동진 작곡, 테너 엄정행이 부른 가곡. 경희대학을 나오고 한때 경희학원 가족이었던 나로서는 이 노래가 애국가만큼 귀에 익다.

　사시사철 이 노래가 흐르는 경희대학교 캠퍼스의 울울한 숲은 나의 삼십 대 낭만이었으며 작가로서의 글쓰기 신명이 충전되는 낭만의 요람이었다.

　세간의 관심을 끈「아베의 가족」,「고려장」,「우상의 눈물」,「우리들의 날개」,「침묵의 눈」등의 작품이 모두 목련화 만발한 경희 캠퍼스에서 발상된 것들이다.

'문학의 뜰'의 목련

집으로 오르는 계단 앞에 제법 큰 목련나무 한 그루가
있다. 내가 농사 흉내를 내던 새술말 가지울에 심었던 손
가락 크기의 묘목 몇 그루 중 모양이 좋은 것으로 옮겨온
것인데, 나무가 너무 커서 그런지 사랑을 많이 주는데도

238

상태가 별로 좋지 않다.

옮겨 심은 나무가 죽지 않고 살아 있는 것을 확인하는 데만도 몇 년이 걸린다. 부실한 가운데도 죽기까지 몇 년간 온 힘을 다해 꽃을 피우는 그 안간힘이라니!

옮겨 심은 목련 곁에 작은 자목련 한 그루를 이웃으로 심었다. 자목련은 그 아름다움이 괴기스러운 만큼 땅에 떨어진 두툼한 꽃잎은 되게 볼품없다.

또 한 그루의 목련이 신축한 '문학의 뜰' 건물 바로 곁으로 옮겨 심어져 찬란한 봄을 연출하고 있다.

돈나무

우리 집에 수십 년 동안 화분을 벗어나지 못한 채 겨울을 실내에서 보내는 나무 몇 그루가 있다. 소철과 남천, 그리고 대나무와 무화과 몇 그루가 따뜻한 자생지에 돌아가지 못한 채 추운 곳에서 겨우겨우 연명하고 있는 것이다.

돈나무

돈나무가 특히 그렇다. 30여 년 전 내가 남쪽 땅 여수에 문학 강연을 갔을 때 동행한 아내가 공원 숲에서 고목 돈나무 밑에 씨가 떨어져 발아한 실생묘 서너 개를 라면봉지에 담아 왔던 것 중의 하나가 유일하게 살아남은 것이다. 노지에서 컸으면 제법 자랐을 것이 화분에 담겨 분재 형태로 크고 있는 돈나무가 안쓰러워 그 어떤 나무보다 마음이 많이 머문다.

제주 말로 똥낭이라고 하는 이 돈나무는 도톰하고 윤기가 자르르 도는 잎도 좋지만 초여름 엷은 향을 내는 흰 꽃이 피었다가 질 때 노란 빛깔로 변하는 것이 꼭 인동초와 닮았다.

춘천의 봄은 짧다

    서재 '아베의 가족' 주변에 있는 회화나무며 때죽나무, 황목련, 벌나무, 적단풍, 고추나무 등도 모두 산국농장의 작은 묘목이 새술말 가지울에 옮겨 가 자라다가 다시 본거지로 돌아온 것들이라 그 하나하나에 느낌이 남다를 수밖에 없다.

    특히 이곳보다 따뜻한 중부 아래쪽에서만 자라는 미선나무, 병아리꽃나무, 덜꿩나무, 천사의 나팔 등이 추운 강원도에 와 겨울나기를 한 뒤 춘천의 그 짧은 봄을 기다리는 모습이 매우 경이롭다.

    엔젤트럼펫, 즉 천사의 나팔은 고향이 남아프리카라 겨울철은 주로 실내에서 키우는데 꽃이 아래를 향해 피는 브루그만시아는 월동도 하는 것으로 정원에서 확인됐다.

    금병산 기슭 김유정의 고향 실레마을에도 동남아 등

천사의 나팔

에서 이곳으로 시집와 다문화 가정을 이루고 사는 주부
들이 여럿이다. 마을에 아이가 태어나는 것도 그런 집들
뿐이다.

　몇 년 전 김유정문학촌의 '전국 이야기대회'에 나왔던
다문화 가정 어린이의 이야기 한 구절이 생각난다.

　아빠, 아빠가 술 많이 먹고 말 크게 하는 날은 엄마가 아
　주아주 불쌍해요. 난 엄마 우는 거 정말 싫어, 싫어요. 엄마
　도 이제 우리나라 사람이란 말이에요.

누리장나무

모든 나무는 그 나름의 독특한 냄새를 가지고 있다. 나무의 꽃에서 나는 냄새가 그 나무의 냄새가 될 수도 있으며, 은행처럼 열매로 해서 퀴퀴하게 맡아지는 나무 냄새도 있고, 이른 봄 꽃이 피기 전 꺾으면 그 냄새가 짙은 생강나무(김유정의 동백)도 있다.

누리장나무. 나무에서 누린내가 난다고 하여 붙여진 이름이라 중국에서는 냄새오동, 일본에서도 냄새나무로 불리지만 이 나무의 꽃은 냄새의 불명예를 씻고도 남을 만큼 꽃 모양이 특이하고 향이 좋다. 특히 가을날 빨간 꽃받침에 사파이어 보석 같은 열매가 짙푸른 색으로 눈길을 끈다.

붉은 바탕의 푸른 열매, 열매 속의 달착지근한 즙액은 새들을 유인하기 위한 것일 터.

누리장나무 열매

　'문학의 뜰' 여러 곳에 누리장나무 수십 그루가 꺾꽂이 번식으로 살고 있다.

개벚나무

—

　'문학의 뜰'에서 가장 오랜 세월을 살아온 벚나무를 들라면 지금 내가 살고 있는 '문학의 집 동행'에서 서재 '아베의 가족'으로 내려가는 계단 밑에 있는 개벚나무 두 그루다. 원래 밑동이 두 갈래였던 것을 서재를 짓느라 한 가지를 쳐냈지만 오래된 벚나무답게 그 위용이 대단하다.

　개벚나무는 산벚나무와 비슷하지만 그냥 벚나무나 왕벚나무 등과는 꽃 크기나 색깔이 완전히 다르다. 왕벚나무 개량종들처럼 꽃이 화려하지는 않지만 자잘한 홍백색의 꽃잎이 무더기로 화사하게 핀 개벚나무의 모습은 그 분위기부터가 다르다.

　우우우웅. 봄날 벚꽃나무 밑에 서면 형언하기 어려운 울림, 어떤 소리를 듣게 된다. 벚꽃에서 나는 소리다. 아니, 꽃이 만개한 개벚나무에서 몸에 꿀을 묻히기 위한 수

개벚나무

천만 마리 꿀벌들의 떼창, 작업하는 날갯소리다.

우웅…. 벚나무 아래에서 듣는 수천수만 마리 벌들의 날갯소리가 더욱 장엄한 것은 벌이 내는 소리를 고주파로 받은 꽃잎들이 스스로 당도를 높인다는, 학자들의 연구 결과 이야기를 들어서일 것이다. 밤에 모기가 소리를 내면서 사람에게 다가오는 것도 그런 이치가 아닐까?

벚나무를 볼 때마다 떠오르는 추억 하나가 있다. 내가 아홉 살쯤 읍내 관공서의 큰 벚나무에 올라가 버찌 달린 나뭇가지를 꺾어 내리고 있었다. 나무 밑에서 그 일을 나한테 시킨 아이들이 신나게 버찌를 주워 먹었다. 그러나 얼마 뒤 나무 아래가 조용해 내려다보니 아이들이 모두 사라진 그곳에 남자 어른 하나가 나무 위를 쳐다보고 있었다. 내가 나무를 내려왔을 때는 내 검정 고무신과 함께 그 남자도 보이지 않았다. 내가 할머니와 함께 내 고무신을 찾은 것은 그 관공서 뒤쪽 창고 옆에 있는 무슨 기름통이었다. 그 검정 고무신이 엿가락처럼 누글누글 일그러져 신을 수가 없었다.

그때나 지금이나 그런 어른들이 살고 있다.

귀룽나무

고목 개벚나무에서 조금 떨어진 도랑가에 두 그루의 귀룽나무 고목이 마주 서 있다. 가지가 휘휘 늘어져 멀리서 보면 꼭 수양버들처럼 보이기도 한다.

나무에 물이 한창 오르는 봄날 귀룽나무 어린 가지를 꺾으면 냄새가 나 파리 등 해충이 잘 꾀지 않는다고 하지만 반대로 벌과 나비를 그 냄새로 유인하기도 할 것이다.

귀룽나무를 구름나무라고도 부르는 것은 5월 초에 나무 전체를 뒤덮은 흰 꽃 무더기가 흰 구름처럼 피어나기 때문일 것이다.

어제의 내가 아닌 오늘의 나로

—

나는 두 그루가 쌍으로 서 있는 이 귀룽나무 아래에서 멀리 삼악산 바라보기를 좋아한다. 특히 여름날 삼악산의 저녁노을을 연출하는 저녁 해와 만나는 즐거움이 크다.

해가 지는 시간과 해가 넘어가는 방향이 365일 매일매일, 아니 매시간 다른, 지구 중심이 아닌 태양을 향한 정해진 움직임, 그 당연한 사실에 감동한다.

어제의 내가 아닌 오늘의 나로 내일을 맞고 싶은 것이다. 내가 '늘'이라 부르는 삼악산의 그 여인도 어제의 그네가 아니라 오늘의 그네라는 생각.

휴대폰 카메라를 여는 것도 바로 그 시간, 생애 단 한 번뿐인 그 순간을 잡기 위해서다.

고광나무

—

'문학의 뜰'에는 여러 그루의 고광나무가 있다. 늦봄의 산길에서 문득 어떤 냄새를 맡고 두리번거리다 보면 멀지 않은 곳에 흰 꽃을 단 나무가 서 있다. 산매화라고도 불릴 만큼 고광나무 꽃은 매화꽃을 닮아 향도 그렇거니와 꽃 모양이 청순 우아하다.

고광나무. 암컷이 몸 밖으로 내뿜는 페로몬 냄새를 맡은 수컷 곤충처럼 남자는 서둘러댔습니다. 나무 이름은 좀 이상해도 꽃 냄새는 참 좋아요. 여자의 목소리는 숲을 뚫고 들어오는 햇살처럼 해맑은 고음이었습니다. 당신이 더 아름다워. 남자는 탱탱하게 충전된 몸으로 여자를 고광나무 숲에 눕혔습니다.

(…)

고광나무 꽃

　문득 여자는 열린 창으로 슬며시 넘어오는 어떤 냄새를 감지합니다. 버리고 옴으로써 지금 여기 말갛게 떠 있는 생애를 짐짓 심술궂게 흔드는 냄새가 무연히 흘러가던 여자의 마음을 한곳으로 모으고 있습니다. 냄새는 어떤 기억에 이르는 통로이기도 합니다.

　여자는 비로소 냄새의 진원 속으로 조심스레 다가갑니다. 산조팝보다 옅으면서도 더 그윽한 냄새입니다. 고광나무 꽃향기입니다.

　　　　— 전상국, 「온 생애의 한 순간」

감나무, 접붙이기

감나무 안 좋아하는 사람이 어디 있을까. 서울에서 내려오면서 동산면 새술막에 접붙인 감나무 묘목을 여러 그루 심었다. 그러나 아무리 월동 갈무리를 해도 다음 해 봄이면 접가지인 감나무는 죽고 대목인 고욤나무만 살아남았다.

같은 강원도라도 태백산맥이 남북으로 길게 뻗어 있어 강릉 등 영동 지역은 해양성 기후의 특성을 보여 감이 주렁주렁 열리고, 대륙성 기후인 영서 지방은 감나무 키우기가 쉽지 않다.

특히 춘천은 다른 곳보다 온도가 낮아 소양동이나 옥천동 등 몇 군데 말고는 감나무 보기가 어렵다.

금병산 자락 서북향인 우리 집에도 몇 년째 감나무 묘목을 사다가 심지만 다음 해면 대목인 고욤나무 싹만 남기고 죽는다. 그러나 재작년부터 감나무 한 그루가 추운 겨울을 이겨낸 뒤 너울너울 키 자람이 제법이다. 놀랍게도 그 나무 밑동에서 또 한 그루가 싹이 터 두 가지가 나란히 자라고 있다. 잎이 다 자란 뒤 그 둘을 살펴보니 하나가 대목인 고욤나무다. 보기 드문 일이라 당분간 대목과 접가지를 같이 키우기로 했다.

접붙이기, 그 인공 번식, 즉 바탕보다 더 좋은 것을 얻기 위해 하나를 희생시켜야 하는 그 이치가 큰 가르침으로 온다.

붉은 꽃 아까시나무

—

그것은 그것인데 그것과 다른 이것만의 유별남.

자연 속에서 가끔 그것이면서 그것이 아닌 낯선 나무와 풀을 만날 때가 있다. 태백산에서 본 흰 얼레지 꽃이 그러하듯 서재 '아베의 가족'으로 내려가는 길가의 아까시나무 한 그루가 미쳤다. 분명 아까시나무인데 흰 꽃이 아닌 빨간 꽃이 핀다.

그 붉은 꽃 아까시나무는 고향 친구가 가져온 손가락 크기의 묘목 하나를 심은 것인데 성장도 빠르거니와 변종이라서 더 그런가 보통 아까시나무보다 번식이 무섭다.

우리나라 사람들이 밭 근처의 아까시나무를 그렇게 싫어해 쳐내고 쳐내도 그 숲이 없어지지 않는 이유를 알 것 같다.

그동안 이름이 혼용되던 '아카시아'와 '아까시'가 구별

붉은 꽃 아까시나무

돼 불리기 시작했다. 오래전부터 귀에 익은 '아카시아'는 '아까시나무'와 전혀 다른, 우리나라에는 살 수 없는 나무라는 것이다.

그 이름이 어떠하든 옛날부터 아까시나무는 짙은 꽃향으로 사람들로부터 사랑을 많이 받아왔다.

1972년 발표된 박화목 작사의 8분의 6박자 바장조 서정동요 〈과수원길〉. 이 노래는 지금도 어린이들은 말할 것도 없고 모임을 가졌던 사람들이 어느 순간 모두 함께 부르는 그런 애창곡이다.

동구 밖 과수원길 아카시아꽃이 활짝 폈네

하아얀 꽃 이파리 눈송이처럼 날리네

향긋한 꽃냄새가 실바람 타고 솔솔

둘이서 말이 없네 얼굴 마주보며 쌩긋

아카시아꽃 하얗게 핀 먼 옛날의 과수원길

고슴도치섬

아까시나무 하면 춘천의 '동구 밖'이었던 고슴도치섬이 생각난다. 춘천댐과 의암댐이 생기면서 댐 가장 위쪽에 위도, 그 아래에 중도, 그리고 맨 아래쪽에 붕어섬이란 이름의 강섬이 생겼다.

처음엔 위도라고 부르다가 섬 모양이 고슴도치 닮았다 해서 '고슴도치섬'이 된 그 강섬은 북한강 물줄기가 소양강 물줄기와 합류하기 위해 세차게 흘러내리는 그 한가운데 생긴 섬으로, 물가에 숲이 무성하고 한복판에 미루나무와 아까시나무 고목 수십 그루가 자생하던 곳이다. 아까시나무 고목 숲 한쪽에 야영장과 축구장 등 도심에서 보기 어려운 여가 시절이 갖춰져 있어 도심을 탈출한 사람들이 정말 많이 찾던 곳이다.

한때는 국제마임축제 때 도깨비난장, 그 축제의 무대가

되기도 했다.

나는 고슴도치섬이 언젠가 개발업자에 의해 무분별하
게 개발될 것이란 이야기를 듣고 내 소설 속에 당시의 섬
분위기를 그렸다.

"선배님, 콘서트 꼭 오시라구요."
초청장을 받았다. 후배는 자신이 운영하는 춘천 고슴도
치섬의 카페 〈사계〉에서 '오월의 작은 음악회'란 이름으로
리코더 앙상블, 클래식 기타 및 색소폰 연주회를 1년에 서
너 번씩 열고 있다. 아까시나무 고목의 꽃잎이 눈발처럼 흩
날리는 가운데 초여름 밤의 선율이 강섬을 찾은 사람들의
낭만을 한껏 부풀릴 것이다.
(…)
"아까시 냄새를 따라 작년 이맘때도 왔었거든요."
후배는 고객 정보를 흘리고 있었다. 자신의 주특기인 몽환
적 분위기 연출에 제대로 어울리는 여자일 것이 분명하다.
냄새는 어떤 기억에 이르는 통로다. 여자는 아까시 꽃이
핀 어떤 추억의 그림 속에 아등바등 갇혀 있을 터.
"어떤 땐 누가 보든 말든 아까시나무 밑 벤치에 누워 몇

시간을 그러고 있는 거예요."

후배는 카페에 들어왔던 그 여자 손님을 그려낸다. 40이
될까 말까, 아무튼 그 분위기가 괜찮았어요. 창가에 앉아
강물만 내다보는 거예요.

— 전상국,「남이섬」

고슴도치섬이 원형의 신비를 잃고 파헤쳐지기 시작한
것은 2008년 개발업자가 별장형 콘도와 요트 시설을 갖
춘 휴양 시설을 조성하겠다며 섬의 모든 나무를 깡그리
베어내면서부터였다. 지금은 그 개발마저 멈추면서 이제
는 복구가 불가능한 흉물스러운 꼴로 버려져 있다.

섬이 섬으로서의 모습을 잃은 것이다.

4

더불어 함께,
문학의 뜰

벌이 꽃을 찾듯

—

고고학적 증거로 미뤄 동물이 사람으로 진화한 데에 나무나 풀의 아름다운 꽃, 그리고 그 열매가 어떤 역할을 했는가를 쉽게 알 수 있다. 원숭이가 사람으로 된 것이 그 자연과 환경에 의한 것이라는 것. 즉 나무나 풀 그 꽃의 아름다움과 냄새 그리고 그 열매를 얻기 위한 과정, 그것이 곧 인류 문명의 발상이라는 것이다.

벌이 다녀간 나무라야 과실이 제대로 열린다.

곤충이 꽃에서 먹이를 찾듯 사람은 꽃의 아름다움과 그 냄새에 취해 모여든다. 더 아름다운 꽃 찾기, 더 맛있는 열매 고르기를 위한 사람의 눈과 감각의 진화가 곧 인류의 문명 진화에 이바지했을 터이다.

오월의 라일락 향기만큼 매혹적인 냄새가 또 어디 있을까. 대부분의 사람들이 서양에서 들어온 라일락과 우리

263

라일락

　나라 자생인 수수꽃다리, 또는 정향나무를 구별하지 못한
다. 모두 꽃이 비슷하고 짙은 향에다 꿀까지 많이 품은 밀
원식물이라 그럴 수도 있다.
　밀원식물에서 보듯 벌과 나비를 유인하기 위한 꽃들의
전략이야말로 치밀하다. 향과 꿀을 갖지 못한 꽃들은 그
빛깔로 벌과 나비를 유인한다. 꽃이 실하지 못하면 가짜
꽃을 달아 그 옆의 진짜 꽃으로 곤충을 끌어들인다.
　꿀벌이 지구에서 사라지면 4년 안에 인류가 멸망한다
는 아인슈타인의 말을 흘려들을 일이 아니다.

문학의 위기

오늘 우리는 문학의 위기, 급기야는 그 죽음까지를 이야기하는 시대에 살고 있다. 문학이란 이름의 나무와 꽃이 사람들의 관심 밖으로 멀리 밀려나고 있다는 것이다. 아무리 아름다운 꽃을 피워도 꿀벌이 찾아오지 않으면 좋은 결실을 기대하기 어려운 것과 다르지 않을 터이다.

이것은 문학이 사회적 혹은 문화적인 측면에서 그 기능의 폭이 많이 좁아졌다는 것을 뜻한다. 이제까지의 문학의 효용성, 그 기능을 오늘날 무섭게 발전한 첨단 문화의 다양한 문화 양식이 대신하고 있기 때문일 것이다.

얼마 전 청량리에서 인천까지 가는 지하철 속에서 책을 읽는 사람을 단 한 사람도 발견하지 못했을 때의 충격이 쉬 지워지지 않는다.

남보다 빨리 많이 알아야 살아남을 수 있는 정보의 홍

수 시대, 그리하여 휴대폰의 노예가 된 사람들에게 종이 책이 어떤 의미가 있겠는가.

그러나 나는 문학의 위기를 크게 걱정하지 않는다. 문학이 언어를 일차적 재료로 한 예술이기 때문이다. 사람의 생각과 느낌 혹은 그 진실 된 체험을 아름답게 보여줄 언어, 즉 글이 이 세상에 존재하는 이상 문학예술은 오히려 이 시대 작가들에게 그 위기를 창조적 에너지로 삼아 새로운 것을 보여줄 수 있는 열려 있는 좋은 기회라는 것, 그 기대인 것이다.

그것은 문학의 이미 검증된 가치, 곧 전 시대 작가들이 이룩해놓은 문학적 성과만으로도 문학은 오래오래 그 아름다운 꽃을 피울 것이라는 믿음이기도 하다.

내가 오랜 시간 1930년대 작가 김유정 소설을 이 시대 독자들에게 읽히기 위해 힘을 쏟은 것도 전 시대 문학의 축적된 가치에 대한 믿음이라고 할 수 있다. 그 믿음이 곧 글 쓰는 사람들 모두의 신명이 될 것이란 믿음인 것이다.

전상국 문학의 뜰

―

'문학의 뜰' 안에 세운 작은 문학전시관 이름이다.

아내와 아들딸들이 뜻을 합쳐 만든 그네들의 작품이다. 꽃과 나무가 벌을 불러들여 결실의 신명을 얻듯, 내가 평생 즐겨 쓴 소설은 물론 이 시대 우리나라 작가·시인들이 남긴 소설과 시들을 가볍게 만날 수 있는 그런 공간을 생각한 것이다.

그것은 그동안 한국 현대문학의 오늘을 이룬 전 시대는 물론 이 시대 모든 작가·시인들이 글 쓰는 신명에 바친 노고와 결실에 대한 찬사의 의미로 생각해도 좋을 것이다.

어느 날 아내가 김유정에 미쳐 사는 내게 말했다. "김유정 작가는 좋겠다. 젊어 죽었는데 당신 같은 자식이 있어서." 빈정거릴 만하다. 짤막한 몇 편의 소설이 있을 뿐 유품이 단 한 점도 없는 작가의 그 몇 편 작품의 가치 지속을 위해 기획한 소프트웨어 그 프로그램 개발에 미쳐 살다 보니 조상들 기일마저 까마득 잊고 있는 내가 얼마나 한심해 보였겠는가.

그렇게 김유정에 미쳐 산 날이 나쁘지만은 않았던가 보다. 본 것이 그것뿐인 아내가 있어 이룬 기적이다. 내가 김유정 뒤에 숨어 산 그 오랜 세월을 지켜본 아내의 뜻이 간곡했다. 죽은 뒤를 생각할 것이 아니라 살아 있을 때 부족한 대로 정리하고 매기는 자기 검증, 자기 인증의 본때로 삼으면 어떠냔 것이다.

하긴 내가 내 것을 귀하게 여기지 않는데 누가 내 것을 좋게 바라볼 것인가. 그것은 내가 이제까지 찾지 못한 가치를 뒷날 그 누가 알아주기를 바라는 어리석음과 다르지 않을 터이다.

그래, 내가 이제까지 나무를 심고 가꾸는 일을 신명으로 누리고 산 것처럼 평생 끌어안고 산 글쓰기의 즐거움 그 흔적을 있는 그대로 보여주자. 그것이 비록 아주 보잘 것없는 것이라 해도 그것을 즐긴 만큼의 가치를 허심탄회하게 보여주자는 것.

책, 작품으로 만나는 우리 시대의 작가·시인

—

'문학의 뜰' 전시실에 들어서는 순간 한국문학의 현주소를 한눈에 확인할 수 있는 그런 자료의 진열.

춘천 금병산 기슭 '문학의 뜰'에 오면 우리 시대의 작가·시인들 모두를 만날 수 있다는 것. 한국문학사에 이름이 올라 있는 이 시대 작가·시인들이 남긴 소설책과 시집을 한데 모아 오픈함으로써 그 작품들과 독자들이 더욱 가까이 만날 수 있는 공간을 생각한 것이다.

그 하나하나가 모두 나의 글쓰기 신명에 보탬이 됐던 귀한 책들이라 그 신명을 더 많은 독자들과 나누고 싶은 것이다. 게다가 대부분 내가 직접 받아 읽은 뒤 소장했던 책들이라 그 책을 낸 작가·시인들의 사인이 들어 있어 그 책을 펴는 순간의 느낌이 남다를 것이다.

내가 서재의 서가를 정리할 때마다 늘 느낀 '아, 이 작가가 이 작품을 썼구나!' 이런 감동이 이 공간을 찾은 사람들에게도 전해졌으면 하는 바람까지.

서가에 꽂힌 그 작가의 소설, 단 한 줄이라도 읽고 가기, 그 시인의 시 한 행이라도 입에 읊조리며 정원 거닐기. 그러할 때 '문학의 뜰' 나무와 풀들은 이 시대의 작가와 시인들의 작품을 읽고 있는 그 사람들을 어떤 눈으로 바라볼 것인지.

손에 들고 있는 책이 곧 그 사람의 인격이라는 것을 나무들도 알고 있다.

동행, 잊을 수 없는 스승과 글벗들

—

　때로 나는 나를 내세우기보다 남을 지극히 높이는 태도를 보인다. 내 안의 오만을 감출 요량일 수도 있지만 내가 그처럼 겸허한 얼굴을 보일 때는 분명 그럴 만한 상대를 만났을 때다.

　내 인복에 대해서 얘기할 때 특히 그렇다. 당연하지 않은가. 다른 사람으로 해서 받는 복인데 어찌 그러하지 않겠는가.

　다행히 나는 내 실존 그 엑기스가 온전히 남들로부터 받은 것임을 숨기지 않고 살았다. 그들이 아니었으면 내가 어떻게 글 쓰는 신명으로 여기까지 올 수 있었겠는가. 그네들이 들어 올린 차양 아래서 햇빛을 받아 줄기를 키우고, 그네들의 사랑으로 여문 열매로 배를 불렸다는 것을 잊지 않고 살았다는 것이다.

물이 스스로 길을 낼 수 있기 위해서는 흘러넘칠 수 있는 분량의 물이 있어야 한다. 흘러넘칠 수 있을 만큼의 물이 되어준 그 인연들에 대해서 이야기하는 그런 공간을 전시실 한 코너에 만들 생각이다.

황순원黃順元, 1915~2000 소설가. 경희대 교수 역임. 평안남도 대동군 출생. 1934년 첫 시집『방가』, 1940년 첫 소설집『늪』이후『독 짓는 늙은이』,『학』, 장편소설『나무들 비탈에 서다』,『카인의 후예』등 다수의 저서가 있음.

전상국은 춘천고 재학 시절 황순원의『인간접목』을 처음 읽고 그 작품의 작가를 만나기 위해 경희대학교에 진학한다.

대학 2학년 때 처음으로 쓴 소설 한 편을 황순원 선생님 앞에 불쑥 내민다. 그로부터 두어 달 뒤 그 작품을 돌려주시며 선생님이 하신 말씀 "잘 썼드구만". 70매 분량의 그 작품을 134매 분량으로 고치고 늘린 것이 1963년 조선일보 신춘문예 당선작「동행同行」이다.

뒤늦게 들어간 대학원에서 황순원 선생님을 지도교수

로 논문을 쓴다. 김유정 연구.

전상국 문학의 항심 속에 글과 사람이 일치한다는 흔치 않은 안도감의, 큰 바위 얼굴로 황순원 선생님이 계신다.

이 공간에 황순원 선생님의 첫 시집 『방가』와 『인간접목』, 『너와 나만의 시간』이 놓일 것이다.

조병화趙炳華, 1921~2003 시인. 경희대·인하대 교수 역임. 경기도 안성 출생. 1949년 첫 시집 『버리고 싶은 유산』 이후 『기다리며 사는 사람들』, 『사랑이 가기 전에』, 『남남』, 『공존의 이유』 등 30여 권의 시집이 있음.

1972년 3월, 시골에 묻혀 사는 전상국을 서울 경희고등학교 국어 교사로 불러올려 등단 이후 10년 만에 새로이 글쓰기의 즐거움을 찾게 하신 분이다.

1970년대 말 어수선한 세월의 어느 날 조병화 선생님은 경희대 문리대 학장실로 전상국을 불러 "홍천 촌놈, 오늘부터 너는 홍천의 구름이다"라고 말씀하시며 일월여시日月如矢란 휘호와 함께 홍운洪雲이란 아호를 내려주셨다.

이 공간에 조병화 선생님의 시집과 신년휘호가 전시될 것이다.

서정범 徐廷範, 1926~2009 수필가, 민속학자. 경희대 교수 역임. 충청북도 음성 출생. 1958년『자유문학』으로 등단.『병상기』,『미리내』,『놓친 열차는 아름답다』등 다수의 수필집과 여러 권의 무속연구 서적이 있음.

서정범 선생님은 경희고등학교 국어 교사인 전상국에게 경희대학교 대학원 늦깎이 진학을 적극 권유, 그것을 계기로 하여 전상국의 서울 탈출과 국립 강원대학교 교수의 길이 열린다.

경희대 국문과 선배이기도 한 선생님은 당신이 발족해 오랫동안 맡아온 '경희문인회' 회장 자리를 전상국에게 물려주시며 하신 말씀이 있다. "전 선생, 문학의 뿌리가 어딘지 잊지 말라는 거야."

이희철 李禧哲, 1930~2016 시인. 전라북도 장수군 출생. 1956년『문학예술』을 통해 등단.『60년대 사화집』동인. 시집『종점부근』,『피아노를 치는 너의 손은』등이 있음.

1957년 춘천고등학교 국어 교사 시절 작가를 꿈꾸는

전상국에게 결정적으로 부족한 것이 무엇인가를 일깨워
주신 분이다. 전상국은 선생님이 일깨워준 그 열등감을
감추는 과정을 통해 글쓰기의 신명을 얻는다.

이희철 선생님과 사제 간 인연의 춘천고 32회 동문 문인
으로 ⒁이승훈, ⒁유장균, 허남헌, 송병훈, 심상운, 윤종
삼, 김응길, 이무상, 유근, 길건영, 이국남, 김희목과『예맥』
동인의 허단, 유연선, 백혜자, 김주경, 손명희 등이 있다.

신봉승 辛奉承, 1933~2016 시인, 문학평론가, 소설가, 극
작가. 강원도 강릉 출생. 시집『초당동 아라리』,『초당
동 소나무떼』등과 드라마 극본『조선왕조 500년』등
다수의 저서가 있음.

초당 신봉승 선생은 전상국과 동향이면서 대학 학부와
대학원 동문 선배다.

빈 바닥을 긁어내는 것이 아니라 고인 것이 절로 넘쳐
흐르며 자랑이 섞였으되 사실과 한 치의 틈이 없으니 듣
는 이가 하릴없이 흥겹고 배부르던 초당 선생의 그 현하
구변을 어찌 잊겠는가.

전상국의 아들 경구와 둘째딸 소옥의 결혼도 초당 선

생이 주례를 맡아주셨다.

유재용 柳在用, 1936~2009   소설가. 강원도 금화 출생.
1965년 조선일보 신춘문예에 동화 당선, 1968년 문공
부 제정 신인예술상에 소설 「손 이야기」 입상으로 등
단. 소설집 『꼬리 달린 사람』, 『누님의 초상』, 『침묵의
땅』 등 다수의 저서가 있음.

유재용 씨 잘 있지요? 글동네 사람들은 전상국만 보면
유재용 작가의 안부를 물었다. 유재용 작가에게는 전상국
의 근황을 묻고. 그렇게 두 사람은 바늘과 실처럼 어디에
나 항상 붙어 다니는 문단의 단짝이었다.
전상국은 자신이 이 세상에서 만난, 가장 좋은 사람, 진
짜 소설가로 유재용 작가를 꼽는 데 주저하지 않는다.

김용성 金容誠, 1940~2011   소설가. 일본 고베 출생. 인하
대 국문학과 교수 역임. 1961년 한국일보 장편소설 공
모에 『잃은 자와 찾은 자』 당선으로 등단. 장편소설 『리
빠똥 장군』, 『도둑 일기』, 『회나무 소리』 등 다수의 저
서가 있음.

1961년 국제대학교 학생으로 한국일보 장편소설 공모에 당선한 김용성이 경희대학 영문과에 전입해 오면서부터 전상국과 대학원까지 함께 다닌 귀한 인연이다.

이후 전상국은 김용성이 생을 마감하기까지 황순원 선생님을 모시는 정기적인 술자리는 물론 조병화 선생님을 찾아뵙는 일에도 늘 함께했다.

이승훈 李昇薰, 1942~2018 시인. 한양대 교수 역임. 강원도 춘천 출생. 1962년『현대문학』으로 등단. 시집『사물 A』,『당신의 방』,『너라는 햇빛』, 시평론집『이상 시 연구』등 다수의 저서가 있음.

전상국의 춘천고등학교 동기동창으로 같은 문예반원. 당시 이승훈은 전상국이 넘어야 할 산이었고 글쓰기의 신명을 밝히는 등대였다. 전상국은 오늘도 이승훈의 시「그래도 인생은 계속된다」의 한 구절을 입에 올린다.

그래도 인생은 계속된다
네가 없어도 계속된다
네가 없어도 계속되는

인생은 개같은 인생이지만

개같은 인생은 계속된다

　　　― 이승훈,「그래도 인생은 계속된다」

이성부 李盛夫, 1942~2012　시인. 광주 출생. 1960년 전남
일보 신춘문예 당선, 1962년 현대문학 추천으로 등단.
시집『이성부 시집』,『우리들의 양식』,『백제행』등 다
수의 저서가 있음.

　1960년 4월, 경희대학교 캠퍼스에서 만나면서부터 전
상국과 이성부의 대학 생활은 일상 일탈의 자유분방한 활
기를 찾는다. 맨발로, 온몸으로 분수처럼 치솟던 이성부,
그는 이제 없지만 오늘도 전상국은 이성부가 죽기 전 마
지막 보낸『도둑 산길』을 들고 산에 오른다.

설 자리를 잃어버린 사람들이

산을 찾아 들어간다

그 산에

너르고 착한 다른 세상 있구나

　　　― 이성부,「산 2」

당신도 소설을 쓸 수 있다

소설 쓰는 일이 즐겁다.

작가로서, 내가 즐겨 쓴 말이다. 즐긴다, 즐겁다, 즐겨야 한다. 자기 암시이기도 한 이 말이 씨가 되어 나온 책이 『당신도 소설을 쓸 수 있다』였다.

실제로 나는 소설 쓰기를 즐겼다. 게임이 아닌 그냥 놀이로 즐긴 것이다. 승패가 있고 그것을 가리기 위한 룰을 지켜야 하는 게임으로서의 글쓰기를 생각하면 숨이 막혔다. 지진아가 딴청을 부리듯, 소설이 뭐 별거야 하면서 발로 툭툭 차며 가지고 논 것이다.

남들이 큰 길을 달리고 있을 때 홀로 오솔길을 찾아, 누구도 생각 못한, 좀 기발한 것은 없을까. 모범 답안은 지겨워, 제기랄, 문법이나 깨자 ─ 그런 놀이로서의 소설 쓰기.

‘문학의 뜰’ 전시실 한 코너에 상상과 표현, 글쓰기의 그런 놀이를 하는 코너 하나를 두기로 한다.

　누군가 이런 마음의 여유, 그것을 즐기기 위해 원고지 앞에 앉았다면 이미 그 사람의 예술본능이 작동되었다고 봐도 좋을 것이다. 소설 쓰기를 즐길 수 있는 재능의 발견.

다시 자연

—

‘문학의 뜰’ 전시실 한 코너에 정원에 함께 살고 있는 들꽃과 나무들 사진을 영상으로 올려 작가로서의 내 생활과 글쓰기의 진원 그 자장磁場이 바로 자연이었음을 이야기하고 싶다.

그동안 틈틈이 ‘문학의 뜰’ 나무와 풀꽃들 그 절정을 굼뜬 솜씨로나마 열심히 휴대폰 카메라에 담아왔다. 나무가 꽃으로 보여주는 그 짧은 순간의 일회성 아름다움이야말로 자연이 우리에게 말하고 싶은 ‘영원의 모습’이라는 것을 믿고 싶었음이다.

5월의 마지막 날이다. 봄이 가고 있는 것이다. 봄봄. 봄은 또 온다. 자연이 내리는 축복이다.

1구 4자 250구, 모두 1천 자로 된 옛 시『천자문千字文』

에는 봄 춘春 자가 없다. 『천자문』을 쓴 중국 양나라의 주흥자가 살던 그곳에는 새 생명이 솟아나는 그런 느낌의 계절이 없었음을 알 수 있다. 그래서 『천자문』을 떼고도 '입춘대길立春大吉'을 못 썼다는 말까지 나온 것이 아닐까. 우리나라에는 봄에 피는 꽃이 있고 여름부터 가을까지 늦게 피는 꽃이 따로 있다. 그러나 몽고에는 봄철에 모든 꽃이 한꺼번에 핀다. 봄과 여름이 한꺼번에 와 곧바로 가을이 되면서 모든 초목들의 잎이 지기 때문이다.

나는 네 계절을 확연히 느끼며 살 수 있는, 이 땅에 태어난 일, 그 자연과 함께하는 생활에 대해 늘 감동하면서 살고 있다.

자연, 말 그대로 사람의 힘에 기대지 않고 스스로 저절로 이뤄지고 행해지고 사라지는, 우주 섭리를 따르는 그런 삶이 전원생활이다. 자연을 사랑하고 그 이치를 따르며 그 자연을 위해 자기 몸을 던지는 사람만이 자연을 누리며 살 수 있다.

부부는 물론 가족 중 한 사람이라도 전원생활을 탐탁하게 생각하지 않으면 그 생활을 시작하기 어렵다. 전원생활은 함께 보고 함께 가꾸고, 힘든 것을 함께 나눌 수 있을 때라야 비로소 그것이 온전한 즐거움이 될 수 있을 터

잣나무 숲속의 마거리트

이다.

　이런저런 것 따지고 않고 전원생활을 시작했던 많은 사람이 도시로 되돌아간다. 함께 보고 함께 즐기기 못하기 때문이다. 접근성이 좋지 않은 것, 벌레가 많은 것, 햇볕에 몸을 말리는 뱀과의 만남, 봄날의 퇴비 냄새까지도 전원생활에서 얻는 즐거움으로 받아들이지 못한 탓이다.

　그 싫은 것들과의 친화가 바로 나무들과의 동행에서 비롯된다.

아내의 정원

—

　나의 전원생활은 어떠한가. 처음 아내는 전원에 들어가는 것을 원치 않았다. 어린 시절 소녀가장으로서의 산골생활에 질린 탓도 있겠지만 마당의 잔디는 누가 깎을 것이며 집 주변의 무성한 잡초는 누가 뽑을 것인지, 좋아만 했지 가꿀 줄 모르는 남편의 잘못된 나무 사랑 등 결코 쉽지 않은 전원생활에 대한 지극히 현실적인 이유에서였다.

　아내의 말이 모두 맞았다. 사실 나는 자연을 즐길 뿐 즐긴 만큼 자연에 보탬이 되는 일을 제대로 하지 못했다. 나타나 보이는 것에 대한 집착이 클수록 그 뒤쪽의 본질에 대해 무식하거나 무관심하다. 게다가 나는 행동이 느리고 자연의 바탕인 흙을 다루는 일에 많이 낯설고 서툴렀다.

　동산면 새술막에서 농사를 지을 때도 아내가 없었으면 그것이 가능하지 못했던 것처럼 막상 금병산 자락에 짐을 풀고 나니 생각과 달리 몸이 잘 따르지 않았다. 방바닥에 책상다리로 앉았다가 일어날 때는 세 평을 헤맨다는 그 나이도 무시할 수가 없었다.

어쩌랴, 하릴없이 아내가 가꾸는 꽃을 바라보며 좋다, 정말 좋다, 추임새를 넣거나 가끔 잔디 깎는 일 말고는 모든 일들을 그네가 도맡아 할 수밖에. 아내는 잡초를 뽑고 나무를 전지하는 틈틈이 야생화를 심었다. 정원의 모든 잔디를 아내가 직접 심어 가꿨고 그 잔디밭에 나는 잡풀 한 포기도 용납하지 않았다.

이쯤에서 나와 아내가 자주 부딪쳤다. 내가 그네의 일에 대한 극성을 꼬집어 뜯으면서부터다. 적당히 하자. 건강을 잃으면 다 잃는 거야. 지나친 것보다 모자라는 게 더 나아. 잡초 꽃이 더 좋다니까.

내가 이처럼 툴툴거릴 때마다 아내는 모기와 벌에 쏘인, 땀 젖은 얼굴로 웃는다. 적당히? 그럼 여기가 어떻게 될 거 같아요? 다 내가 알아서 한다고요.

정말 알아서 했다. 솔직히 내가 지닌 능력, 그 기준으로 볼 때 아내는 남자들 서너 명이 전담해도 힘든 일을 혼자서 해냈다. 그렇게 부지런했다.

몇 년 전 금병산예술촌 김윤선 도예공방에 왔던 서울

여인 한 분이 아내에게 책 하나를 선물하고 갔다. 공원에서 일하는 아내의 모습이 마음에 와닿았던 모양이다.

타샤 튜더가 지은 『나는 지금 행복해요』. 그 책갈피 속에 쪽지 글 하나가 들어 있었다.

4월의 어느 날 선생님으로부터 꽈리 한 다발을 선물 받은 사람입니다. 잘생긴 밤 한 톨과 함께요. 기관지에 좋으니 먹어보라고 잘 익은 꽈리를 따주셨지요. 따님께서 분당 정자동에 산다고 하셔서 얼굴은 모르지만 더욱 친근하게 느껴지기도 했습니다.

꽈리의 결실

제게 가을날의 멋진 추억을 주신 선생님께 이 책을 드립니다. 꽃과 나무를 가꾸며 사랑하시는 모습이 타샤 튜더처럼 느껴졌습니다. 앞으로 건강관리 잘하셔서 멋진 가드너가 되시길 빕니다.

아내는 오래전 뉴질랜드 여행 때 잠시 머문 어느 언덕 애기를 자주했다. 어떤 할머니가 그 언덕을 가꿔 나라에 내놨다는 애기를 여행 가이드한테 들은 뒤 자신도 그런 산자락을 가드닝하는 꿈을 늘 꾸고 있다고. 그 실현까지.

나는 그네의 손길로 가꾸는 금병산 자락 잣나무 숲 일대를 '문학의 뜰'이라 쓰고 '아내의 정원'이라 읽는다.

아내는 좀 남다르다. 아주 오래전, 젊을 때 있었던 이야기부터 하자.

늘 백 점을 받아오던 초등학교 저학년의 큰딸 아이가 어느 날 울고 왔다. 딱 한 문제가 틀려 백 점을 못 받았다는 것. '집에서 망치로 못질을 하는 사람은 누구냐?'는 물음에 그 답을 '엄마'로 했던 것.

오늘도 그렇다. 아내가 입은 낡은 추리닝 바지 엉덩이 부분에 누덕누덕 기운 자국이 보인다. 요즘도 양말을 기워 신는 사람, 빨래 헹굼 외에는 세탁기를 돌린 적이 없고

일하는 아내의 모습

집의 대문 도색 등 집수리까지 모두 혼자 손으로 하는 그런 남다른 사람과 지금도 함께 살고 있는 그 사람은 누구일까.

안 쓰는 것이 버는 것. 쓸 때 쓰기 위해 안 쓴다는 것.

대충은 없다. 그리고, 포기도 없다.

아내의 이러한 생활신조, 그 실천이 오늘의 '문학의 뜰'이란 것을 말하고 싶은 것이다.

바라보기만 해도

나는 '문학의 뜰'을 거닐며 나와 동갑인 고 최명길 시인의 유고 시집 『아내』에 실린 시들을 생각한다. 최 시인이 이 세상을 떠나기 전에 써놓은, 자기 아내에게 바친 101편의 시를 묶은 그 시집 서문에 이런 말이 있다.

요즈음 나에게는 그녀가 새로운 느낌으로 다가온다. 바라보기만 해도 묘한 파동이 일어나 신비로운 소용돌이로 빠져든다.

최명길 시인은 그 신비로운 마음의 파동 그 근원을 「첫 말문」이란 시로 밝힌다. 단풍이 붉었던 어느 날 아내와의 첫 만남, 아내의 그 첫 말문을.

천진 소나무 숲을 지나서야 / 그녀가 첫 말문을 열었다 / "저는 아무것도 몰라요" / 나에게 들려준 첫 말 한마디 / 아무것도 몰라요 / 청간천 다리를 건너 / 호롱불빛 내다보는 초가 앞까지 / 그녀를 바래다주며 / 두어 번 옷깃이나 스쳤을까 / 초가을 달빛이 갈댓잎에 부딪혔다가 / 싸락싸락 떨어지고 / 그때마다 여울 물살은 아프게 울었다 / 동해가 그 아래서 으르렁대고 / 저는 아무것도 몰라요

미안해요

지난 어느 해 봄날 손자 손녀들이 집에 찾아와 '할머니 축하드려요!'란 글귀가 새겨진 커다란 케이크에 촛불을 켜고 작은 이벤트를 벌였다. 늘 바쁜 걸음으로 사는 할머니의 고등학교 입학 축하였다.

큰 교회 경로대학 학생회장을 몇 년간이나 맡아 하고 있는 사람이 이제 와서 어쩌자고.

춘천고등학교, 내가 1950년대 말 다녀 졸업한 바로 그 고등학교의 부설 방송통신고등학교, 아내가 그 학교 최고령 입학생이 되어 장학금까지 받아 온 것이다.

미안해요. 아내가 뒤늦게 방송통신고에 입학한 뒤 내게 한 첫 말문이다.

정말 잘했다. 아내의 물기 있는 눈에 눈을 맞추고 내가 전한 진심의 말이다. 방통고를 졸업한 뒤 건강이 허락하면 반드시 대학에 들어가 조경학 아니면 경영학을 전공하겠다는 아내의 당찬 다짐에 대한 답이기도 했다.

사랑할 사람이 많아 행복하다는 아내의 사랑 병, 그 사랑의 물길 한 가닥이 비로소 그네 자신을 향한 데 대한 축하의 말일 수도.

이제 알겠네요. 제가 누구를 닮아 수학을 잘하는지.

이공계 대학교수인 아들이 엄마의 방통고 인터넷 원격 수업을 들여다보며 한 말이다.

물은 스스로 길을 낸다

   '문학의 뜰', 아니, '아내의 정원' 잣나무 숲에 '어머니의 샘'을 팔 생각이다. 금병산예술촌 가족인 함광복 DMZ 스토리텔러가 숲에서 일하고 있는 아내가 공원을 가꾸는 모습을 남다른 눈으로 지켜보다가 한 제안이다. 평소 내 좌우명이기도 한 '물은 스스로 길을 낸다'는 말과 아내가 정원을 가꾸는 모습이 어머니다움으로 오버랩됐을 수도.

   물은 스스로 길을 낸다. 땅에서 솟은 물이 웅덩이에 채워지면 그 물이 흘러넘쳐 스스로 길을 내며 흘러가게 마련이다. 물이 고일 때까지 기다리는 것이 순리다. 나는 물이 고이기도 전에 물길부터 만들려 덤빈 이날까지의 내 성급함을 자성하면서 살았다.

   '어머니의 샘'은 당신이 가꾸는 꽃밭을 천국으로 생각하며 사신 할머니와 맏아들이 어려워 평생 그 아들을 품

에 안아보지 못하고 사신 우리 어머니, 그리고 오직 가족
을 위해 자기를 던진 아내, 그 세 여인이 퍼 올리는 음덕의
샘이 될 것이다.

으아리

살아 있다

—

살아 있는 것이다. 우리 주변에 보이는 모든 나무들에 대한 최대의 경의는 그들이 '살아 있다'는 감동을 드러내며 사는 일이다. 생명을 탄 우리 모두와 똑같이 저 나무들도 하나의 생명체라는 인식.

비록 이동력이 없고 그 이루어짐이 단순하나 나무들도 사람과 똑같이 숨을 쉬며 먹고 싸는 신진대사를 통해 얻은 에너지로 스스로 자라고 늘어난다. 자라고 크는 과정에서 겪게 되는 바깥 자극에도 사람의 그것과 같이 반응한다. 세포라는 구조와 기능을 가진 모든 생명체가 그 유전자를 다음 세대에 넘기고 어느 때인가는 '죽는다'는 유한성까지도 사람과 나무가 다르지 않다는 것.

문제는 그것의 존재 인식에 있다. 그래, 저들도 우리처럼 살아 있고 우리처럼 죽는 것이지만 그저 우리 곁에 함께 있을 뿐 결코 '우리'가 될 수 없다는 통념이 자연 친화의 즐거움을 결정적으로 훼방 놓는다는 것이다.

다행히 나의 나무 사랑은 그 나무들 곁에 잠시 머물 수 있다는 것, 광합성 그 열정의 해바라기로 연출하는 나무들의 춘하추동 그 오르가슴의 황홀을 마치 내 것처럼 흠뻑 누리고 산다는 감동과 다르지 않다는 것이다.

그 나무도 나를 기억하고 있을까

—

나는 가끔 말도 안 되는 소리를 입 속에 중얼거린다. 그 나무도 나를 기억하고 있을까. 도대체 무엇을 원하는 것인가. 내가 그 나무를 얼마나 사랑하고 있는가의 확인일 터이다.

사랑의 숭고함은 주는 것이라는 말에 동의하지만 그 결실, 혹은 영원성은 주고받는 그 양에 비례한다는 생각이다.

우리 할머니가 그 시절 그랬듯 나 또한 들꽃 한 포기, 나무 한 그루를 그냥 지나치지 못했다. 내가 능청스레 감추고 사는 염세·염인증의 자가 치유의 바이블이 바로 자연이었기 때문이다.

수십만 넌 흘러내려 기기묘묘한 형상을 이룬 바위에 올

라서도, 만개했던 목련이 함박눈처럼 떨어져 내리는 목련 나무 숲에서도 거침없이 옷을 벗었다. 그 일이 남들 눈에는 풍속사범이겠지만 두 사람에겐 복사골에 가득히 넘치는 햇빛과 바람의 만남, 혹은 물총새와 다람쥐 따위들의 그것과 다를 것이 없었다. 자연 속에서 둘이 하나가 되는 절정, 그 열락이 사랑의 본색이라고 믿었다.

　　— 전상국, 「꾀꼬리 편지」

　아내가 '문학의 뜰' 앞 골짜기 묵밭을 일궈 심은 들깨를 거두고 있다. 키로 까불어 놓은, 그 눈대중만으로도 네댓 말은 실히 될 것 같다. 가을볕 아래 아내의 얼굴도 그 거둠만큼 밝다.

작가의 뜰

소설가 전상국이 들려주는 꽃과 나무, 문학 이야기

1판 1쇄 인쇄 2020년 6월 24일
1판 1쇄 발행 2020년 7월 1일

글쓴이 전상국
펴낸이 김성구

책임편집 고혁
단행본부 류현수 현미나
디자인 이영민
제작 신태섭
마케팅 최윤호 나길훈 이서윤
관리 노신영

펴낸곳 (주)샘터사
등록 2001년 10월 15일 제1-2923호
주소 서울시 종로구 창경궁로35길 26 2층 (03076)
전화 02-763-8965(단행본부) 02-763-8966(마케팅부)
팩스 02-3672-1873 | 이메일 book@isamtoh.com | 홈페이지 www.isamtoh.com

ISBN 978-89-464-2123-3 03810

이 도서의 국립중앙도서관 출판예정도서목록(CIP)은 서지정보유통지원시스템 홈페이지
(http://seoji.nl.go.kr)와 국가자료종합목록 구축시스템(http://kolis-net.nl.go.kr)에서
이용하실 수 있습니다. (CIP제어번호 : 2020025166)

값은 뒤표지에 있습니다.
잘못 만들어진 책은 구입처에서 교환해드립니다.